DA DISSIMULAÇÃO
HONESTA

DA DISSIMULAÇÃO HONESTA

Torquato Accetto

Apresentação
ALCIR PÉCORA

Tradução
EDMIR MISSIO

Revisão da tradução
ALCIR PÉCORA

Martins Fontes
São Paulo 2001

Título do original italiano: *DELLA DISSIMULAZIONE ONESTA.*
Copyright © 2001, Livraria Martins Fontes Editora Ltda.,
São Paulo, para a presente edição.

1ª edição
julho de 2001

Tradução
EDMIR MISSIO

Revisão da tradução
Alcir Pécora
Revisão gráfica
Sandra Rodrigues Garcia
Márcia da Cruz Nóboa Leme
Produção gráfica
Geraldo Alves
Paginação/Fotolitos
Studio 3 Desenvolvimento Editorial

Dados Internacionais de Catalogação na Publicação (CIP)
(Câmara Brasileira do Livro, SP, Brasil)

Accetto, Torquato
   Da dissimulação honesta / Torquato Accetto ; tradução Edmir Missio. – São Paulo : Martins Fontes, 2001. – (Clássicos)

Título original: Della dissumulazione onesta.
Bibliografia.
ISBN 85-336-1461-6

1. Accetto, Torquato – Crítica e interpretação 2. Verdade e falsidade – Obras anteriores a 1800 I. Título. II. Série.

01-3265   CDD-177.3

Índices para catálogo sistemático:
1. Dissimulação : Ética   177.3

Todos os direitos desta edição reservados à
Livraria Martins Fontes Editora Ltda.
Rua Conselheiro Ramalho, 330/340 01325-000 São Paulo SP Brasil
Tel. (11) 3241.3677 Fax (11) 3105.6867
e-mail: info@martinsfontes.com.br   http://www.martinsfontes.com.br

Índice

Apresentação VII
Prefácio de Giorgio Manganelli XXIII
Biografia XLVII

DA DISSIMULAÇÃO HONESTA

Do autor a quem lê 3
   I. O conceito deste tratato 7
  II. O quanto pode ser bela a verdade 9
 III. Jamais é lícito abandonar a verdade 13
 IV. A simulação não recebe facilmente o sentido honesto que acompanha a dissimulação 17
  V. Algumas vezes é necessária a dissimulação, e até que ponto 19
 VI. Da disposição natural para poder dissimular 23
VII. Do exercício que torna pronta a dissimulação 25

VIII. O que é a dissimulação 27
IX. Do bem que se produz pela dissimulação 33
X. Do deleite que há em dissimular 37
XI. Do dissimular com os simuladores 41
XII. Do dissimular consigo mesmo 45
XIII. Da dissimulação que participa da piedade 49
XIV. Como esta arte pode existir entre os amantes 53
XV. A ira é inimiga da dissimulação 59
XVI. Quem tem um excessivo conceito de si mesmo tem grande dificuldade para dissimular 63
XVII. Na consideração da divina justiça torna-se mais fácil tolerar, e assim dissimular as coisas que nos outros nos desagradam 65
XVIII. Do dissimular a ignorância alheia afortunada 67
XIX. Do dissimulador diante do poder injusto 71
XX. Do dissimular as injúrias 75
XXI. Do coração que está escondido 79
XXII. A dissimulação é remédio previdente para remover qualquer mal 81
XXIII. Num único dia não será necessária a dissimulação 85
XXIV. Como no céu cada coisa é clara 87
XXV. Conclusão do tratado 91

APRESENTAÇÃO

O livro do prudente secretário

Si conosceranno le cicatrici da ogni buon giudizio, e sarò scusato nel far uscir il mio libro in questo modo, quasi esangue, perché lo scriver della dissimulazione ha ricercato ch'io dissimulassi, e però si scemasse molto di quanto da principio ne scrissi.

T. Accetto, *Della dissimulazione onesta (L'autor a chi legge)*

Aproximar a vista contemporânea do libreto *Della dissimulazione onesta* (Nápoles, 1641), "livro exangue", como vai referir-se a ele o próprio Torquato Accetto (Trani, 1590?), obriga a alguns cuidados. O primeiro deles é não cair na armadilha biográfica e psicologizante, de que Croce fornece o velho modelo, em que o livro seria explicado como efeito de um espírito com vocação para a vida meditativa que, entretanto, "constrangido pela necessidade" a tornar-se secretário de senhores de província (os Carafa, da Andria), escreve movido pela "angústia da fortuna"[1]. A fórmula banal, que supõe uma delicada interioridade subjetiva torturada por uma exterioridade social bruta, destrói, de um golpe, aquilo que realmente torna este livro paradigmático entre aque-

....
1. Benedetto Croce. *Nuovi saggi sulla letteratura italiana del seicento* (Bari, Laterza, 1931). Citação à p. 84.

les que produziram uma moderna racionalidade de corte: a sua engenhosa construção de uma legitimação moral, e mesmo religiosa, de uma técnica ou cálculo prudente de viver em sociedade.

Melhor guia será, aqui, Salvatore Nigro, curador das recentes edições da obra tratadística e poética de Accetto[2]. Na introdução à sua segunda edição de *Della dissimulazione onesta*[3], Nigro relaciona o pequeno tratado de Accetto no interior de uma importante tradição de escritos de época que elaboram uma reflexão sistemática a respeito da dignidade do ofício de "secretário" de Príncipe. Entre eles, encontram-se os de Francesco Sansovino: *Il segretario* (1565); Giulio Cesare Capaccio: *Il secretario* (1589); Torquato Tasso: *Il secretario* (1594); A. Ingegnieri: *Del buon segretario* (1594); B. Guarini: *Il segretario* (1594); B. Zucchi: *L'idea del segretario* (3ª Ed. Acrescida: 1606); Giovanni Bonifacio: *L'arte de' cenni* (1616); V. Gramigna: *Il segretario* (1620); Guido Casoni: *Emblemi politici* (1632); Virgilio Malvezzi: *Ritratto del privato politico cristiano* (1635) e Panfilo Persico: *Del segretario* (1656).

....

2. *Della dissimulazione onesta* (Gênova, Costa & Nolan, 1983) e *Rime Amorose* (Turim, Einaudi, 1987).

3. *criptor necans*. In: Accetto, T., *Della dissimulazione onesta* (Gênova, Costa & Nolan, 1990).

O prolífico conjunto – que, bem se vê, está longe de explicar-se por uma particular ou pessoal "angústia da fortuna" – tende a interpretar a atividade dos secretários em analogia com a dos "anjos", uma vez que os Príncipes aos quais servem são entendidos como figuras de Deus na terra[4]. O termo "privado", aliás, quando empregado para referir-se ao secretário, ganha um tratamento equívoco, dúplice, que não diz respeito apenas àquele que tem "privança", freqüentação doméstica com o Príncipe, mas àquele que é privado de vontade própria a fim de melhor servi-lo[5]. Nessa mesma gramática de construção de uma nova rede significativa de sociabilidade e ação política, o próprio nome de "secretário" está estritamente associado à profissão de guardar os " segredos" do seu Senhor[6], o que se traduz, em primeiro lugar, pela guarda do sigilo no trato da correspondência. É o que faz com que esses manuais do ofício, muitas vezes, componham-se junto com artes de composição de cartas, o que é exatamente o caso do manual citado de Sansovino, inaugural nessa tradição renovada da *ars dictaminis*. Assim, outro intérpre-

---

4. Cf. Nigro, *Scriptor necans* (*op. cit.*), p. 20.
5. *Idem, ibidem.*
6. *Idem,* pp. 20-1.

te contemporâneo de Accetto, Mario Scotti, vai sustentar o conjunto das considerações dele a respeito do ofício do secretário como sendo uma celebração tipicamente "seiscentista", na qual se articulam e temperam virtudes como a "habilidade sutil dos negócios", o domínio da "arte da escrita" e a "sabedoria dos silêncios oportunos"[7]. Nesse mesmo sentido, guardar fielmente a vontade do Príncipe significa muitas vezes traduzi-la em "conceitos" ou "cifras", isto é, em figuras ao mesmo tempo precisas em relação àquela vontade soberana e suficientemente obscuras para preservá-la da indiscrição cortesã ou da argúcia do adversário político. Este caráter do ofício, para Salvatore Nigro, impõe ao estilo do secretário uma providencial "taciturnidade", na qual o silêncio é o selo que melhor assinala a fidelidade. Assim, toda fala conveniente deve ter algo de "muda", sendo o discurso entendido menos como arte de manifestação, declaração ou expressão do que, à maneira dos monges quietistas, uma arte de sinais[8]. O próprio Accetto, num soneto da primeira parte de suas *Rime* que tematiza as atividades do secretário, vai resumi-

---

7. *La lirica de Torquato Tasso*. In: *Giornale storico della letteratura italiana* (volume CXLVI, anno LXXXVI, fasc. 455, 3º trimestre 1969); cf. especialmente p. 340.
8. Cf. Nigro, *Scriptor necans* (*op. cit.*), p.21.

las como uma "servidão gentil, que sempre honra o silêncio, a pena e o sábio pensamento"[9]. Talvez isto ajude a compreender a figura exordial proposta por ele, na *Dissimulação honesta*, de ser este um "livro exangue" –, isto é, como se ele fosse o resultado de uma "*emendatio* radical"[10] ou, de outra forma ainda, como se aquilo que se dá finalmente a ler nele devesse ser entendido como um discurso muito abreviado em relação à primeira redação do manual, salvo a custo do cancelamento total de sua escrita.

Exatamente por esse anúncio que baliza liminarmente a leitura do tratado, penso que Nigro se engana (ou, de outra maneira, que também ele se enreda na engenhosa armadilha produzida pelos jogos enunciativos de Accetto) quando vê aí uma "necessidade de dissimular a dissimulação", termos quase literalmente emprestados de seu autor. Pode-se contrapor a isto que é a produção inicial da figura do livro emendado, que violenta a si mesmo sucessivamente, esta sim, que promove a caracterização ostensiva de tudo o que se lê também como sinal de que algo se oculta ou se dissimula na leitura. Desse ponto de vista, Accetto não dissimula propriamente a dissimulação: o que faz é produzir deliberada-

---
9. *Idem*, p. 22. Trata-se do soneto "*Servir da segretario*".
10. *Idem*, p. 23.

mente o efeito de que tudo o que escreve é também dissimulação. Quer dizer, não é que o manual verdadeiramente dissimule a arte de dissimulação que apresenta: ele faz questão de contaminá-la com a suspeita de tratar-se, também ela, de dissimulação. Assim nada parece estar seguro e a dissimulação é, ao mesmo tempo, anúncio e remédio do perigo que constrói. Com isto, Torquato Accetto conquista para o seu manual o mesmo estatuto, concomitantemente teórico e prático, do "cânone" de Policleto, referido por Plínio: uma estátua particular de uma figura humana que fornecia, igualmente, o padrão de proporcionalidade perfeita de toda figura humana. Deste modo, o tratado de Accetto legitima-se duplamente, ou, de outra maneira, autoconfirma-se como doutrina prescritiva e como exemplo de sua aplicação.

Há ainda a considerar que a figura do "livro exangue" admite também a constituição de um análogo sagrado para a sua feitura, já que, como imagina Nigro, ele como que faz repetir sobre si o flagelo de Cristo na Cruz. O crítico lança, aqui, a idéia de um texto que, várias vezes cortado e emendado, torna-se imitação de um "corpo sacrificial" que triunfa na "muda eloqüência" das chagas[11]. E, se se quiser dar à figura dramática do corte ou da mutilação um temperamento

---
11. *Idem*, p. 24.

menos sacro do que moral, Nigro julga que a *persona* do autor, constituída por Accetto, publica, antes de mais nada, o sacrifício que faz de si mesmo no corpo do livro "quase" cancelado. Assim construídas como "feridas benéficas", como "cicatrizes de autocensura", as prescrições adquirem ares de "linguagem de sinais" ou de "escrita oracular", em que, nas palavras do crítico, o texto não diz, mas "acena" por meio dessas feridas e cicatrizes, constituindo o leitor como "arúspice" e o autor como aquele que opera uma "escolha moral" livre[12], condição da dotação virtuosa.

É fácil ver que não há neste tipo de elocução truncada nada mais que se assemelhe ao estilo de efeito natural buscado pelo domínio da "*sprezzatura*", isto é, a "desenvoltura" ou "facilidade" que caracterizava o perfeito cortesão proposto por Castiglione, cem anos antes[13]. Nigro chama a este novo estilo "*turbato*", espécie nova de tacitismo ou laconismo, em que prevalece o efeito truncado. Mas é preciso considerar que o ideal castiglianesco de "solidariedade cortesã" já vinha sendo liquidado há algum tempo. Em

---

12. *Idem*, p. 24-25.
13. Cf. a propósito *Il libro del cortegiano*, de Baldassare Castiglione, cuja primeira edição, após 3 reescrituras do autor, data de 1528. Há uma tradução brasileira do livro, editada pela Martins Fontes, em 1997, sob o título de *O cortesão*.

outro texto importante, a propósito desta vez da obra poética de Accetto, Salvatore Nigro baliza primordialmente tal derrocada com os *Discorsi dell'onore, della gloria, della riputazione, del buon concetto,* de Lodovico Zuccolo (Veneza, 1623), que serviu a Francesco Maria II della Rovere, na mesma corte de Urbino que havia sido cena do estupendo diálogo de Castiglione[14]. E, mesmo anterior ao texto de Zuccolo, Nigro refere o *Il segretario,* de Gramigna, publicado em Florença, em 1620, no qual ao privado cabia sobretudo guardar segredo e anular-se na obediência[15]. Nestes novos textos, pois, os príncipes preferem já confiar nos anônimos "silenos", representados com uma fechadura nos lábios, aptos a seguir comandos, a obedecer e secundar humildemente como "instrumento" ou "autômato", do que nos "Apolos" divinos, aqueles "melhores" imaginados por Castiglione, que se divertiam em contradizer, pretendiam debater a melhor maneira de governar e, mesmo, partilhar do governo[16].

Também para o crítico Giovanni Macchia, o livro de Accetto representa de maneira inequívoca o fim da idéia do cortesão como gentil-ho-

---

14. *Lezione sull'ombra.* In: *Rime amorose,* de T. Accetto (*op. cit.*). Cf. especialmente a p. V.
15. *Idem,* p. VII.
16. *Idem, ibidem.*

mem de uma sociedade perfeita; doravante, como nos livros do espanhol Baltasar Gracián, cujo *El héroe* é de 1637, o mundo toma a forma de uma luta cruel entre homens dissimulados[17]. O estudioso ressalta, porém, a tintura melancólica que toma, em Accetto, a aceitação do recurso da dissimulação – que julga semelhante à admissão católica do pecado original que se abate, como condenação e desgraça, sobre o homem pecador. Evidentemente, este aspecto limita a aproximação com Gracián, uma vez que, no jesuíta aragonês, dissimular é, não uma triste condição, mas triunfo e exercício pleno do engenho de criaturas análogas a um Deus intelectual.

Ademais, cabe reparar que a ilação extraída daí por Macchia de que, no século XVII, constituem-se dois tipos de moralistas – o "prático", voltado para defender-se ou conquistar o mundo em que vive, por meio da política, e o moralista "puro", dedicado ao prazer da observação e ao esforço de atribuir sentido ao espetáculo que assiste, encaminhando-se sobretudo para a filosofia –, certamente não se aplica a Accetto. No tratado deste, o conceito de dissimulação tem

---

17. *L'ordine apparente: la scuola della dissimulazione*. In: *Il paradiso della ragione*. Laterza, Bari, Einaudi, 1982 (2ª ed.). Cf. especialmente p. 163.

de ser pensado como moral, cognitivo e político conjuntamente. Mais atento a esta articulação essencial está Mario Scotti, para quem a necessidade de dissimular de que fala Accetto, supõe tanto a presença ineludível à consciência de um mundo corrupto e sem nenhum senso comunitário[18], quanto a de que nenhuma ciência ou filosofia pura é "guia infalível nas várias circunstâncias da vida". Acertadamente, deduz que, a rigor, a doutrina de Accetto não deixa nenhuma saída a não ser a de "enfrentar esforçadamente um caminho cheio de insídias e obstáculos"[19].

Ainda para refletir um pouco mais a respeito da relação notável entre as obras de Baltasar Gracián e de Torquato Accetto, pode-se considerar, aqui, o que escreve Jean Rousset, num de seus livros mais conhecidos. Em *Circe et le Paon*, observa que apenas no primeiro autor há um "triunfo sem reserva" da "arte de parecer", que se torna então "o maior saber" do homem "discreto", capaz mesmo de emprestar "um segundo ser às coisas". E isto, para Gracián, nada tem de imoral ou de irreligioso; ao contrário, significa manter-se estritamente como participação criada do homem em Deus: é o Criador que

---

18. M. Scotti (*op. cit*), p. 352.
19. *Idem*, p. 375.

dá o dom de parecer, o qual deve ser entendido como análogo à luz dada na Criação[20]. Nessa perspectiva, para o aragonês, o que não toma aparência tampouco tem ser, o que implica, por um lado, em que todo verdadeiro ser admite a dissimulação e, por outro, em que toda "dissimulação prudente" deve ser entendida como uma ostentação ou "publicação de méritos". O oposto, contudo, não precisa ser verdadeiro, isto é, nem tudo o que toma aparência supõe necessariamente a existência do ser; assim, a "vaidade" é, exemplarmente, uma espécie de "*décor* sem ser"[21] – eis aí a "reserva" que reaproxima os dois moralistas.

Por outro lado, como observa Rousset, a despeito de Accetto opor ostentação ou simulação (que finge o que não tem ser) à dissimulação honesta (que esconde o ser que tem deveras), nos dois casos, tais procedimentos voluntários são tratados por ele como virtudes intelectuais, associadas, por exemplo, à prática de "técnicas teatrais"[22]. Também Benedetto Croce compreende a "identidade substancial" que Accetto prevê en-

---

20. *La littérature de l'age baroque en France. Circe et le paon* (Paris, José Corti, 1954). Cf. especialmente p. 220.
21. *Idem*, p. 221.
22. *Idem*, p. 222.

tre simulação e dissimulação, conceitos distintos apenas como "positivo e negativo do mesmo", da mesma maneira que ocorre nas fórmulas de Grotius, que os define da seguinte forma: *Simulatio (rei absentis): euis quod renera non adest, praetexta praesentia* (aquilo que verdadeiramente não está junto, apresentado como presente); *Dissimulatio (rei praesentis): eius quod revera adest, negata praesentia* (aquilo que verdadeiramente está junto, negada a presença)[23].

No caso declaradamente positivo da dissimulação, o conceito deve entender-se, para Rousset, como um "método" para a pessoa "se construir" ou para "construir-se segundo um modelo", o que se supõe oposto à impostura ou hipocrisia, pois está vinculado a um ideal honesto de domínio, composição e apresentação de si[24]. Representa, nesta acepção, o mesmo que a "discrição", cujo principal emprego está em ser o que se quer parecer, e cujo empenho de indústria e cálculo deve ser entendido como "esclarecimento da virtude" e "flexibilidade" para acomodar-se à "ocasião" e aos "humores variáveis de cada um"[25]. É essa mesma "flexibilidade", que Rousset

---

23. B. Croce (*op. cit.*), p. 89.
24. J. Rousset (*op. cit.*), p. 222.
25. *Idem*, p. 223.

associa à teatralidade e à ostentação, que possibilita à dissimulação constituir-se também como uma poderosa "arte de agradar", não necessariamente oposta ao efeito de "naturalidade" ou de não afetação[26].

Entretanto, como é sabido, com o advento do Romantismo, torna-se inconcebível esta "sinceridade mascarada". Rousseau, exemplarmente, pinta-se a si mesmo como "o grande arrancador das máscaras" e, a partir de então, toda ostentação é identificada com hipocrisia. Na fórmula conhecida de Rousset, "rompe-se a relação entre ser e parecer"[27]. O ajuste prudente do homem à sociedade e seus decoros passa a ser vista como mentira e artifício em face da verdade profunda, interna, subjetiva que dotou de complexidade psicológica a noção de sujeito nos séculos XIX e XX.

Neste ponto de inflexão histórica, o conceito de "dissimulação honesta" parece constituir-se como uma contradição em termos, pois "dissimulação" e "honestidade" são opostos irreversíveis quando esta se pensa determinada exclusivamente por uma verdade pessoal sem compromissos com a aparência pública. Contudo, como se lerá neste livrinho único e procurou-se aler-

---

26. *Idem*, p. 224.
27. *Idem*, pp. 227-8.

tar aqui, tudo é bem diverso nos termos da composição de Accetto. Dissimular, aqui, é decorrência necessária da condição humana imperfeita e, ao mesmo tempo, passível de perfeição, já que a causa final da criação ainda é a salvação e a vida eterna na bem-aventurança – estado no qual, pela primeira vez, será injusta e inútil as doutrinas do disfarce e da razão de ocasião, supostas no conceito accettiano. Fora do estado pleno de júbilo bem-aventurado, e uma vez que os homens, devido à queda pelo pecado tornaram-se incapazes de compreender a verdade essencial nela mesma, para que tal compreensão se dê, torna-se necessário o uso de artifícios capazes de produzir e interpretar adequadamente "efeitos", isto é, aparências, manifestações públicas, e nunca exclusivamente verdades interiores.

Também é possível dizer que, tanto na ação política das monarquias, através das "razões de Estado", quanto na ação pública dos secretários e cortesão discretos, a arte da dissimulação deve ser entendida como uma técnica básica de ocultar ou adiar a verdade, mas não de produzir a mentira. As distinções aqui podem parecer sutis e admitem sempre uma análise pormenorizada de casos, mas em termos gerais a regra a aplicar-se é a seguinte: a "dissimulação" é honesta enquanto não diz imediatamente o que é, tendo em vista a efetuação de determinada finalidade moral ou catolicamente aceita, nos termos da Igreja do período, mas deixa de sê-lo se passa a fingir maliciosamente o que não é, vale dizer, se "simular" como trapaça, engano ou vaidade uma coisa que é falsa. De outra maneira, para finalizar esta breve introdução à edição brasileira deste livreto extraordinário, podemos definir a "dissimulação honesta" como uma regra de medir ou buscar o verdadeiro numa situação em que a verdade é sempre indireta e construída a partir de situações públicas embaraçosas ou confusas, pois resultantes de um estado de coisas em que as virtudes nunca aparecem sós, e os vícios misturam-se, melífluos, aos mecanismos da razão.

Alcir Pécora

Prefácio de Giorgio Manganelli

Creio que o modo mais simples para explicar como o presente prefácio nasceu e por quais caminhos tortuosos, em suma, para fazer o prefácio do prefácio, seja o de contar simplesmente como as coisas ocorreram. Talvez não se veja aqui nem ao menos um prefácio, mas um discurso *de duobus principiis*, certamente um pouco cátaro. No outono do ano passado recebi a proposta de escrever um prefácio para o livro de Torquato Accetto, *Da dissimulação honesta*. Alegrei-me com isso: é um livro que há tempos tenho em grande consideração, um texto singular, requintado e inquietante. Além disso, é um livro que há exatamente quarenta anos jamais havia sido reimpresso – leio-o na edição Bellonci de 1943. Por fim, inaugura uma coleção de clássicos italianos[1], aqueles clássicos que se torna-

---

1. O prefácio foi escrito para o volume de abertura da coleção *Testi della cultura italiana*, dirigida por Edoardo Sanguineti, publicada pela Editora Costa & Nolan em 1983.

ram matéria de inúmeras histórias literárias, como os dinossauros, mas que, justamente como aqueles prezados monstros, já não se usam mais. Torquato Accetto é, para mim, uma figura querida, que flutua em minha alma com suas delicadas dores, a perplexidade, a solidão refinada, a sutil insídia do estilo. Mais exatamente, amo *Da dissimulação honesta*; ignoro totalmente os versos de Accetto, que ninguém mais reimprimiu[2], e que não figuram em nenhuma das antologias da lírica seiscentista, a começar pelas *Lirici marinisti* de Benedetto Croce, ilustre empreendimento de exumação – e é ponto pacífico que a exumação concerne aos corpos, cadáveres e ossadas. No entanto, foi Croce quem recuperou a obra-prima de Torquato Accetto, dando-lhe uma edição, em 1928, que até hoje permanece definitiva. Croce conhecia também uma parte das *Rime*, as que se encontram na edição de 1621. Julgava seus versos "às vezes um pouco prosaicos, ou um pouco frágeis, mas íntegros e sérios, demonstrando um fino caráter". Trata-se de um modo de julgar que a nós pode parecer um pouco estranho, e que parece ter mais relação com o educado trato social do que com a crítica literá-

---

2. Manganelli escreve em 1983. Depois disso, houve uma importante reedição das *Rime*, sob a direção de Salvatore Nigro, pela Editora Einaudi, de Turim, em 1987.

ria. Sobre o tratado *Da dissimulação honesta*, ao reimprimir a edição de 1641, Croce escreveu: "Seu breve escrito é a meditação de uma alma, repleta de luz e de amor pela verdade, que nessa mesma luz e nesse mesmo amor traz o propósito (propósito moral) da cautela e da dissimulação...". Citei estas linhas de Croce porque, de algum modo, fixaram os pressupostos de uma leitura que se conservou tenazmente no pouco que se escreveu sobre Accetto, sobretudo nas histórias literárias. A propósito, parto da *convicção* de que Croce não apreciava muito a ambigüidade, enquanto que para mim talvez o pequeno tratado de Accetto interesse sobretudo porque extremamente ambíguo, de exígua luz e denso da amarga sabedoria da sombra.

Procedo portanto à leitura da edição Bellonci. Leio e releio aquele texto. Faço anotações, sublinho, desenho flechas e asteriscos. É assim que se faz um prefácio. O livro de Accetto é exíguo, mas me parece imenso; redescubro páginas de dramática sutileza. O que dizer do capítulo sobre a dissimulação consigo mesmo? Nesse meio-tempo, o organizador da presente edição do tratado, Salvatore Nigro, providencia-me uma fotocópia da edição de 1638 das *Rime*. Enquanto leio e medito o tratado, pela primeira vez me aproximo do Accetto poeta. A edição de 1638 foi descoberta por Muscetta e é bastante distante, nos modos e humores, da edição de 1621. Assim me diziam, pois naquele momento ainda não conhecia a edição de 1621. Acho Accetto um poeta extremamente interessante, um poeta "grave" mas não "sublime", e penso reconhecer a sua matriz poética num petrarquismo revisitado por Della Casa. Quando, relendo Della Casa, encontro certas citações literais e não poucas cópias, sinto um tácito gáudio filológico. Nesse momento, interessa-me a relação entre o tratado e os versos que conheço. Della Casa é um petrarquista "gnômico"; e certamente "gnômico" é Accetto. Mas, o que significa "gnômico" literariamente? Em Della Casa é a marca de um tipo de lentidão do discurso apoiado sobretudo na sintaxe; mas em Torquato Accetto o "gnômico" é um efeito de cor, um velamento que tende a esconder as bruscas diferenças cromáticas; esconder, digo, e portanto dissimular. Uma pátina de palidez se insinua em seus versos, mas uma palidez não passional, uma cautela afetiva, um quê de fúnebre – ritualmente fúnebre – mas não funéreo. Portanto, a minha imagem de Accetto já mudou; dou-me conta, obscuramente, que sua consciência retórica é mais complexa do que acreditava. Seu estilo alude a uma disposição não somente complexa, mas tecnicamente exigente. Estando além disso convencido de que Accetto seja um dos poetas mais interessantes de seu tempo, suponho que entre o tratado e a lírica faça-se um discurso que pode ser novo. O tratado é de 1641, portanto, posterior à última edição dos versos. Poderia ser-lhe o posfácio.

Nesse momento, na metade de novembro, penso ter trabalhado o suficiente para escrever alguma coisa sobre o tratado *Da dissimulação honesta*. Projeto um prefácio, e este prefácio devia ser mais ou menos como segue. Teria principiado do capítulo XIV "Como esta arte (da dissimulação) pode existir entre os amantes". Era um capítulo que colocava uma exceção à regra da dissimulação; e esta exceção era o amor. Era exatamente o ponto de contato que me servia para falar, ainda que brevemente, dos versos. Tais versos – falo sempre da edição de 1638 – são eminentemente de amor, mas essencialmente de amor vencido, negado, denegado, amargo; é o tema da impossibilidade do amor como paixão e salvação, como posse e diálogo, que é central, a meu ver, também em Della Casa. Portanto, a exceção à dissimulação não tem nenhum êxito; o amor é um erro, um sublime e iluminado erro, mas por não saber se esconder – "Amor, que não vê, se faz muito visto" – é alvo de dardos letais; o amor é o que mais se assemelha à morte, entendida não teologicamente, mas como indício da qualidade ruinosa da nossa vida. A simples justaposição do capítulo XIV com certos versos dava a Accetto uma dimensão trágica. A minha interpretação era confirmada por um capítulo de extraordinária intensidade; o capítulo IX, em que a beleza corporal vinha descrita como uma espécie de dissimulação: "toda beleza é apenas uma gentil dissimulação. Quero dizer, a beleza dos corpos que estão sujeitos a mudança" e "ainda que da beleza mortal seja usual dizer que não parece coisa terrena, quando depois se considera a verdade, já não passa de um cadáver dissimulado pelo favor da idade": portanto o erro do amor está em ignorar que o corpo desejado "dissimula" a própria vocação para a decomposição. Não é "coisa constante" aquilo que se ama mas uma não ouvida profecia de morte. Nesse momento, não vejo mais traço do homem da "luz", mas um escritor tormentoso, ou antes, um escritor que opunha à tentação do desespero um tipo de ascese; e a dissimulação, este "silêncio" da alma, adquiria dignidade de penitência, de cilício, de vocação trapista. Reunia pouco a pouco todos os indícios do que resultava – e creio, resultou – que a dissimulação, longe de ser a astúcia de uma alma medíocre, era uma severa e desencantada disciplina, o exercício espiritual de uma alma que asseverava crer num Deus conclusivo, o Deus do fim do mundo e, portanto, também da dissimulação, mas que vivia num mundo ateu, ou melhor, num mundo que Deus não julgava, não condenava, já que havia também uma dissimulação divina; mas um Deus que dissimula é um Deus "dormente", ou um Deus que escolhe abster-se de existir. Este tema da relação com a divindade fascinava-me, já que me parecia divisar uma coexistência de esperança e de dissimulado desespero, a coexistência de uma derrota terrena e de uma aposta que se apoiava no juízo universal. "Este véu... (da dissimulação) somente no último dia há de desaparecer. Então estarão terminados os interesses humanos, os corações mais manifestos que os rostos, as almas expostas à notícia pública e os pensamentos examinados em número e peso. Não se terá de usar a dissimulação entre os homens, de qualquer modo que seja, e então Deus, que hoje *est dissimulans peccata hominum*, não dissimulará mais; mas colocadas as mãos no prêmio e na pena, porá fim à habilidade dos mortais"; e no capítulo seguinte, o XXIV, abria o discurso deste modo: "Se nesta vida somente num único dia não será necessária a dissimulação, na outra ela jamais ocorre." Portanto, existiam e existem os instrumentos para descrever um Torquato Accetto que tem por objeto intrínseco e íntimo da sua "dissimulação" a angústia, o silêncio, a dor de existir. Disse o silêncio, já que me parece que todo o tratado seja um discurso sobre o silêncio, sobre o "viver calando", subtraindo-se à "habilidade" da existência. Muito me agradava, e agrada, aquela afirmação que "o dissimular tem muito de seco"; como para dizer que não é servidão cortesã, nem solicitude para angariar a benevolência dos poderosos, mas ao contrário uma defesa incansável do oculto e jamais desvelado de si mesmo, de nobilíssimas ascendências estóicas: "tanto é nosso quanto está em nós mesmos". Confesso que, em alguns aspectos, esta vocação a distância da vida, a insistência em "não agir", o culto da abstenção, se de um lado sugeria-me a imagem cativante de um eremita na multidão, de outro tinha um sabor, para mim caríssimo, que só poderei chamar de taoísta; e embora bem saiba da extravagância de tais afirmações, não me envergonho de tê-las colocado por escrito. A dissimulação de Accetto, pensava, não somente quer ser um modo de se afastar do mundo; é uma "regra" no sentido monacal, e portanto não tem valor autobiográfico, mas é um programa que implica uma escolha, uma aceitação de um "voto"; pode-se "dissimular", como se pode "ser casto"; por fim, ambos os votos mantêm-se longe da "habilidade dos mortais". A dissimulação concerne a Deus, mas concerne também, e isto sim é bem sutil, ao homem consigo mesmo. No capítulo XII – "Do dissimular consigo mesmo" – Accetto trata daquele momento extraordinário, de suprema ascese, no qual o homem, ainda que tendo de si "plena notícia", consente em suspender este extenuante monólogo e em dar-se uma "imagem de satisfação" que "será como que um sono dos pensamentos exaustos"; donde a duplicidade do homem com o próprio coração esconde uma sabedoria na infelicidade, ou antes um tipo de angústia que é a única matriz da sabedoria. Agradava-me notar que aquela menção ao "sono" remetia, além de a Della Casa, a um texto de Marcial citado no capítulo X, no qual se lia um verso singularmente pertinente, já que o poeta latino, entre as coisas que tornam a vida amável, colocava

somnus qui faciat breves tenebras[3]

e aquela travessia, graças ao sono, da terra das trevas, provoca um arrepio a que não podemos nos furtar.

....
3. Em português: "sono que faça breves as trevas".

Tudo isto, portanto, tenho em mente colocar em meu prefácio; ou antes, ainda que dissimulando, de todo modo eu o disse, mesmo que num prefácio – aquele que foi lido até agora – que declaro não ter escrito. Mas por que jamais escrevi o prefácio que vocês leram? Em meados de novembro, quando já estava preparado para escrever as minhas considerações, chegaram-me informações inéditas da parte do organizador da presente edição[4]. O texto de Bellonci, como de resto o de Croce, não é criticamente confiável; além disso, nem um nem outro deram-se conta da *errata corrige* do original. Estou em posse, por cortesia sempre de Salvatore Nigro, da fotocópia da edição de 1641, e não posso deixar de notar que está impressa de modo um pouco bizarro; por que algumas vezes os capítulos terminam num desenho triangular, restringindo pouco a pouco as linhas até que a última palavra ou sílaba sirva de ponto? Recebo também a fotocópia de uma suposta edição perdida dos versos de 1626, encontrada por Nigro, que reproduz a edição de 1621, mais uma série de versos nunca reimpressos. E por fim, o organizador fez-me notar uma série de pontos, de

---

4. Manganelli refere-se a Salvatore S. Nigro, organizador da edição da Costa & Nolan, de 1983.

particularidades, que me deixaram curioso, mas sobretudo fizeram-me pensar que aquilo que pensei, ainda que não fosse infundado, é certamente inadequado em relação ao texto definitivo, e sobretudo às observações que Salvatore Nigro me antecipou, e que vai colocando em forma definitiva.

Nesse momento tenho a sensação de que logo terei à frente um texto que exigirá ser lido de modo novo, misturado talvez em parte ao antigo, ou talvez não, já que me parece que o "objeto" *Da dissimulação honesta* de Torquato Accetto é já um pouco diverso daquele que freqüentei e que há muitos anos habita em minha memória.

No fim de novembro, ou melhor, no início de dezembro, dispunha da edição Croce inteiramente corrigida e emendada por Nigro; mas não raro os finais dos capítulos – as últimas duas ou três linhas –, são fechados num traçado contínuo: trata-se das linhas correspondentes àquelas impressas em triângulo nas edições de 1641. Tenho, das *Rime*, além das fotocópias da edição de 1638, a fotocópia de edição de 1626; e uma vez que, como disse, esta inclui o texto de 1621, tenho a inteira produção lírica de Accetto. Esta última fotocópia reproduz um texto nem sempre nítido, e que não raro requer ser lido com lente. Sinto-me bastante filólogo e não posso deixar de perceber o longo itinerário que separa as primeiras líricas daquelas da edição de 1638. Fazendo uma observação meramente psicológica, as primeiras líricas são impetuosas, passionais e ao mesmo tempo mais amaneiradas e mais agitadas, com traços de culpa e fantasias de morte, que não encontramos tão francamente psicológicas nas rimas tardias. Psicologismos e maneirismos seguem juntos; mas o escritor Accetto superou os segundos e diluiu os primeiros.

Só me resta esperar as anotações do organizador. Chegarão no início de janeiro. Nesse momento tenho à minha frente a edição Croce reduzida à edição crítica, o texto de 1641, e as notas de Salvatore Nigro. Vejamos o que ocorre.

Naturalmente, começo a ler as notas, mantendo os olhos no texto emendado. Mas é bem evidente que as notas não são do gênero costumeiro, a dizer "*furo:* redução poética de *furono* (foram)". Que gênero de notas são? São para comunicar ao leitor, e de todo modo comunicaram a mim, uma violenta e estupefata excitação. Disse há pouco que por certas advertências do organizador, por certas singularidades da impressão seiscentista, comecei a suspeitar que o objeto denominado *Da dissimulação honesta* fosse em certa medida diverso do objeto com o qual estava acostumado há tempos. Buscarei explicar-me. Tenho em mente um edifício nobremente maneirista, engenhoso, ornamentado com sábias modinaturas, alegrado – ou antes tornado melancólico – por um jardim com sebes em forma de labirinto, passagens sinuosas sombreadas e uma consolação descontínua pelo rumor de água subterrânea. Mas, em suma, estava certo de que o edifício estivesse inteiramente diante de meus olhos, e de que nada mais me restava senão contemplá-lo com atenção, percorrer os tortuosos caminhos internos e externos e dizer em alta voz as minhas argutas impressões. Quanto ao interior, direi que me parecia um pouco irregular, mas não de tal modo que não se pudesse caminhar de cômodo em cômodo, ali apreciando uma janela com vista para o jardim, acolá descansando sobre um balcão voltado para montes nobremente longínquos; o edifício era na totalidade mais requintado que luxuoso; assim, não me parecia ter notado tapeçarias, e os afrescos eram de boa mão mas antes amáveis que conceituosos. Porém, agora, descrevia-se um edifício que se assemelhava ao precedente, mas ao mesmo tempo era profundamente diverso; ou antes, absolutamente uma outra coisa. Considerem que o edifício que primeiro descrevi, examinado com atenção, e sobretudo – isto é essencial – com uma idéia diversa do que fosse um edifício literário, revele agora qualidades e lugares totalmente ignorados, desconsiderados, abandonados e ao mesmo tempo centrais. Por exemplo: o palácio possui subterrâneos engenhosos, vastos, ocultos, verdadeiros labirintos, repletos de ecos, povoados de silêncios, percorridos por fugidios mas inquietantes fantasmas fônicos; no interior, o edifício abriga cômodos cujo acesso só é possível por escadas espirais e estreitas, tão exíguas que é fácil não notá-las; e a janela que dá para o jardim é um engenhoso jogo de perspectiva, devendo-se duvidar de que aquele jardim exista, ou seja o que antes parecia; além disso, e tem-se aqui grande sutileza, o edifício tem mais formas de existência: não somente no sólido tijolo, mas também em partes que são invisíveis, lugares mentais, projetos que foram projetados para que permanecessem assim, e nunca se tornarão visíveis. Pois, o edifício é em larga medida clandestino ou um mero jogo da mente. A linha reta interrompe-se na matéria e prossegue no puro conceito. O edifício visível em parte se altera, ou antes, deforma-se – no sentido de que abriga mais violências engenhosas do que supomos –, em parte se faz menor a si mesmo já que uma parte essencial torna-se invisível para quem não possua as palavras que a evocam.

Enquanto meu olhar corria de um a outro texto, estava ao mesmo tempo estupefato e encantado, como se me tivesse sido revelado finalmente um maravilhoso jogo ilusório, em que cada coisa fosse aquilo que era, e ao mesmo tempo coisa totalmente diversa, incrivelmente arguta, sábia e hábil a enredar nos duros jogos da inteligência. Para dar conta deste lugar, como agora o venho descobrindo, não saberei por onde começar; e portanto comecemos pela entrada, não porque seja a parte essencial, mas porque se encontra em outra parte do edifício, não onde estávamos habituados a ingressar. Abandonemos as imagens e falemos portanto deste objeto que mantém o nome de *Dissimulação honesta*, e que é obra deste mestre da sombra, o necromante desconhecido de início, mal compreendido depois, que é Torquato Accetto.

A prosa do tratado não é simplesmente a bela e culta prosa de um seiscentista moderado; é a prosa temerariamente inventiva e ao mesmo tempo meticulosamente ocultada de um grande, exemplar seiscentista, mas também de um extraordinário escritor, de qualquer época e conotação que se queira. Accetto constrói um período de muitos modos. O primeiro modo concerne à própria expressão conceptual; fiquem tranqüilos, é a parte menos importante, mas aquela na qual se tropeça subitamente, como ele quer, de modo que não se veja outra coisa. O período vem articulado, por exemplo – e naturalmente não é o único modo – em membros paralelos, às vezes congruentes, às vezes opostos. Ao leitor atento esta estrutura será reconhecível, embora provavelmente não chegue a dar-lhe demasiada importância, mas neste momento, o escritor já "construiu" uma imagem verbal. Disse "escritor", termo com o qual entendo quem venha a ser refém das palavras. Como o escritor, o refém sabe – é uma noção óbvia, mas negligenciada – que as palavras têm som; e mais palavras desenham uma linha fônica e rítmica. Se o escritor escreveu uma proposição construída, como se disse, em dois membros, descobrirá que tais membros requerem ser colocados numa certa ordem rítmica. Leiamos: "A este meu tratado, eu pensava juntar alguma outra prosa minha, para que o volume *que tem defeito em sua qualidade* (primeiro membro), recebesse alguma consideração (membro intercalar, em menor) *por mérito da sua quantidade*" (segundo membro). Releiam, e seus ouvidos irão lhes dizer que não há somente uma engenhosa construção, mas um ritmo preciso; e de fato o primeiro e o segundo membro são decassílabos, e a oração intercalar é um endecassílabo. Defini como "em menor" o membro intercalar não somente por ter a função de separar os dois decassílabos, que de outra forma se revelariam demasiado pesados, mas por ter uma cor fônica e uma estrutura rítmica totalmente oposta aos dois decassílabos[5].

Pode ocorrer que esta insistência nos sons pareça alambicada. Mas vejam um pouco: um dia antes de receber estas últimas páginas, ocorreu-me ler um ensaio de Robert Louis Stevenson – sim, aquele da *Ilha do tesouro* – sobre a *Arte de escrever*, e aqui cito aquelas estupendas e consoladoras palavras: "Houve um tempo em que era bom aconselhar todos os jovens escritores a evitar as aliterações; e era um bom conselho, porquanto evitava de se fazer pastiches. Não obstante, *era uma abominável tolice* (o grifo é meu, inspirado por uma felicidade puríssima), mero delírio dos mais cegos dos cegos que

---

5. Embora a tradução da passagem para o português tenha mantido o número de sílabas, as estruturas rítmicas alteraram-se completamente em uma língua e outra. Assim, apenas para o italiano, vale a análise seguinte de Manganelli: "A acentuação oxítona dos decassílabos (*qualità, quantità*) é crescente, já a melodia vagarosa do endecassílabo (*fosse in qualche considerazione*), que termina em palavra plana, liga-se ao substantivo (*fosse*), ao dubilatino (*qualche*) e ao jogo dos 's' e 'z'."

não querem ver. A beleza do conteúdo de uma frase depende implicitamente da aliteração ou da assonância". E continuava com essas palavras que lhes rogo prestar atenção, pois logo serão úteis: "A vogal pede para ser repetida, a consoante pede para ser repetida; e ambas pedem em bom som para serem perpetuamente variadas. Vocês podem seguir as aventuras de uma letra através de qualquer fragmento que lhes seja particularmente agradável; achá-la eventualmente um pouco abafada, para instigar os ouvidos; achá-la novamente disparada contra vocês num verdadeiro e próprio bombardeio...". Stevenson escreveu no século XIX vitoriano, e certamente não era um barroco; era simplesmente um feliz refém das palavras. Ora retomemos o texto, sempre na primeira página: "É mais que cego quem pensa que para ter prazer na Terra, deveria abandonar o céu." Os dois membros são definidos, o primeiro[6] pela absoluta prevalência do "e" que volta oito vezes em posição ou acentuada ou solitária (*che, per*) em doze palavras; o segundo[7] tem cinco vezes o "*a*", nunca o "*e*", que retorna na palavra final, "*Cielo*"[8], in-

....
    6. A observação vale apenas para o original italiano: "*è più che cieco chi pensa che per prender diletto della Terra*".
    7. Em italiano: "*s'abbia ad abbandonare il Cielo*".
    8. Em português: "Céu".

vertendo a relação com o membro inicial; mas há outra coisa: a relação entre a palavra final e decisiva "*Cielo*" e o primeiro membro é indicada pela paranomásia com "*cieco*"[9]; temos pois uma arquitetura refinadamente excêntrica, em que a palavra isolada final une-se e adquire sentido em relação ao primeiro membro.

Poderei extrair do texto inúmeros exemplos desta construção, desta aventura fônica; mas por ora desejo indicar outra engenhosidade deste edifício, engenhosidade perdida pela memória.

Disse, no prefácio que descrevi no início, que este livro me parecia ser um texto dedicado ao silêncio; neste momento devo precisar que, lendo, e tendo olho para esta estrutura escondida, parece evidente que não se trata de interpretação do leitor, mas de calculado programa do autor. E aqui transcrevo algumas linhas, que seguem lidas com extrema atenção, já que são o programa do texto: "Resguardei-me de cada sentido deselegante, procurando ainda dizer em poucas palavras muitas coisas; e se nessa matéria tivesse conseguido colocar nos papéis apenas sinais, por meio deles de bom grado ter-me-ia feito entender, para, fazê-lo com menos ainda do que com poucas palavras. Há um ano

---

9. Em português: "cego".

este tratado era três vezes maior do que ora se vê, e muitos estão a par disso; se eu tivesse desejado adiar mais a sua entrega para impressão, estaria em via de reduzi-lo a nada, pelas contínuas incisões mais para destruí-lo do que emendá-lo. Se forem conhecidas as cicatrizes de cada bom juízo, serei desculpado por dar a conhecer meu livro deste modo, quase exangue, pois o escrever sobre a dissimulação exigiu que eu dissimulasse, e assim reduzisse muito do que a princípio havia escrito." Se lemos atentamente estas linhas, não podemos deixar de perceber que são extremamente ambíguas e ao mesmo tempo dominadas por uma estranha e obsessiva dinâmica. "Dizer em poucas palavras muitas coisas" pode parecer um propósito de laconismo; mas posso advertir: "usarei palavras que terão muitos significados" e obviamente alguns destes significados estarão ocultos. E o que quer dizer com teria desejado "colocar nos papéis apenas sinais"? A palavra neste texto tem lugar de "sinal", isto é, quer ser de grau mínimo acima do puro silêncio; é uma palavra sussurrada, não dita. Mas sabemos o que são os "sinais"; são precisamente aquelas arquiteturas secretas que unem frases e palavras, aqueles rápidos e fugazes lugares rítmicos que "dizem", aludindo a outras palavras, aquelas inesperadas rimas –

que estão também na passagem citada, veja-se a última linha[10] –, que misturam conceitos que, isoladamente combinados, seriam reciprocamente estranhos. E aquele trabalho sobre o livro, aquele "reduzi-lo" não era inspirado pela vontade de emendar, mas de "destruí-lo": e aqui se toca na violência, na angústia dominada e trabalhada, que está nas origens deste livro; que nos vem consignado não já como algo pacientemente voltado à finitude, mas como relíquia, ou antes, como ruína, animal extenuado e semivivo, sobrevivido às torturas, ao ódio trágico do próprio autor. "Se forem conhecidas as cicatrizes de cada bom juízo", portanto, será preciso ler aquilo que foi excluído, e indica-se no livro a presença de ausências eficazes e necessárias, de silêncios ativos; portanto, o texto inclui "lugares que não estão ali": cabe a nós reconhecê-los. A poética das "cicatrizes" é um tema fascinante, que restitui à reticência, ao silêncio voluntário colocado aí onde havia o rumor verbal, em negativo, toda a dignidade de uma alta e temível figura retórica; há um espaço dentro e em torno ao texto, que este ocupa abstendo-se de

....

10. A alusão à rima apenas fica clara se levarmos em conta o original italiano de Accetto: "(...) *ch'io dissimulassi, e però si scemasse molto di quanto da principio ne scrissi*".

existir. O texto resultante é "exangue", sem valor "essencial", pois justamente "dessangrado", o livro é uma chaga e, escrevendo, o escritor alcança a laceração, a crucificação de si e do texto que o desafia. E, por fim, uma frase não menos sutil que decisiva: "Escrever sobre a dissimulação levou a que eu dissimulasse"; o que significa que a dissimulação não é apenas o objeto do livro mas é o sujeito ativo, isto é, o texto é "dissimulado" e "dissimulador" consigo mesmo; e entre "sinais", "cicatrizes", "destruições" oculta outros discursos tácitos.

Assim achamos as mesmas palavras a flutuar no significado, a tal ponto perduram na nossa mente irreparavelmente ambíguas: as "trevas" podem ser "honestas" (IV) como podem ser o lugar em que "a arte de fingir" (portanto, o simular desonesto, não o dissimular) "faz os mais belos trabalhos". E ver-se-á em quais modos é usada a palavra "véu" cuja dramaticidade extrai os sinais da matriz petrarquesca. Há outras astúcias dissimuladoras: citarei ao menos duas, que a nós parecem assaz singulares: uma é a citação incompleta. Ao citar o evangelho de Mateus: "Sede... prudentes como as serpentes, e simples como as pombas", omitindo o "pois" (no original a omissão é dissimulada), remete à primeira parte do texto evangélico: "Eis que eu vos mando no meio de lobos"; donde a frase excluída se torna "cicatriz", e portanto mais evidente do que se tivesse sido transcrita integralmente. Do mesmo modo, no capítulo VI, será encontrada uma citação de Dante, incompleta de um terceto ao final: e aquele terceto, literariamente, é notado por ter sido subtraído. Aludi a certa singularidade do texto impresso seiscentista, especialmente os triângulos com vértice descendente no fechamento do capítulo. Ora, se forem lidas as primeiras palavras do triângulo, lê-se uma frase escondida, e na maior parte das vezes, contrária a quanto se afirma no texto lido do modo costumeiro. Nas edições modernas que imprimem como hoje se usa, com a linha completa, esta "dissimulação" se perde. Assim, ao fim do capítulo III lê-se seguindo o lado do triângulo de onde iniciam as linhas: "tendo / mostrando / suor / fogueira"[11]. No capítulo VII depois de ter dito (leitura horizontal) que a mente pode reger as mudanças e "em conseqüência dependerá dela, e não do precipício dos sentidos, a expressão de tudo que lhe ocorre", anota (leitura vertical), "dependerá dos sentidos".

....
11. A hipótese apenas pode ser lançada tendo em vista o original italiano seiscentista, em que as palavras separadas por hífen formam à esquerda do triângulo a seqüência de termos citados por Manganelli.

Gostaria de concluir notando que esta edição da obra de Torquato Accetto não somente nos restitui um texto extremamente singular; não somente nos revela na obscuridade seiscentista um grande, temerário retor; mas nos propõe um exemplo que reconduz a uma idéia de literatura, idéia que – demonstra-o a citação de Stevenson – não é meramente barroca; a literatura é uma misteriosa e emblemática epifania de palavras que agem também quando calam; ela não teme a altivez da teologia positiva e os "claros abismos" da teologia negativa; não tem lugar, mas penetra em qualquer parte, também na preciosa forma da ausência; por fim, é tormentosa e irrenunciável; é a "cicatriz" que dilacera e cria o mundo. Excluam-na; e também a exclusão será literatura.

Biografia

Existem poucas informações sobre a vida de Torquato Accetto; sabe-se que viveu em Nápoles na primeira metade do século XVII e que nasceu provavelmente em Trani, na Púglia, por volta de 1590. Foi secretário dos duques de Andria, Antonio e Fabrizio Carafa. Experimentou, como todos os seus contemporâneos, as imposições da Contra-reforma e tentou, desesperadamente, fugir à solidão provinciana; esteve por diversas vezes em Roma e em Nápoles, onde se relacionou com Giambattista Manso, fundador da Accademia degli Oziozi (Academia dos Ociosos).

Publicou, em 1621, uma coletânea de *Rime* que se transformou, quando republicada, em 1626, na primeira parte de um volume cuja forma definitiva só veio à luz em 1638.

Três anos depois publicou em Nápoles aquela que seria sua obra-prima: *Della dissimulazione onesta.* A obra permaneceria praticamente desconhecida até ser descoberta por Benedetto Croce, em 1928. Neste ensaio, a chamada "literatura de secretários" – a literatura produzida pelos secretários dos nobres da época barroca – encontra sua expressão mais perfeita e mais elíptica, na esteira da cultura do cortesão descrita por Baldassare Castiglione.

DA DISSIMULAÇÃO HONESTA

Do autor a quem lê

A este meu tratado, eu pensava juntar alguma outra prosa minha, para que o volume, que tem defeito em sua qualidade, obtivesse alguma consideração por mérito da sua quantidade. Por muitos impedimentos não foi possível, mas espero fazê-lo em pouco tempo,

> no temor de que este livro pereça por ser demasiado exíguo[1],

como disse Marcial. Não apenas me ocorre assinalar isto à benevolência de quem lê, mas antes expressar minha intenção quanto ao presente trabalho, se bem que no primeiro capítulo da mesma obra o tenha dito; afirmo pois que meu fim foi tratar de que o viver prudente tem por

---

1. *Epigramas*, liv. I, XLV, 1: Edita ne brevibus pereat mihi charta libellis.

boa companhia a pureza do ânimo, e é mais que cego quem pensa que para ter prazer na Terra deveria abandonar o Céu. Não é verdadeira prudência aquela que não é inocente, e a pompa dos homens alheios à justiça e à verdade não pode durar, como explicou o rei David acerca do ímpio que viu elevado às alturas dos cedros da famosa montanha, concluindo:

> Guarda a integridade e considera o que é justo, pois há posteridade para o homem pacífico.[2]

Assim ama a paz quem dissimula com o honesto fim de que falo, suportando, calando, esperando, e, à medida que age conforme ao que lhe sucede, goza de certo modo também das coisas que não tem, ao passo que os violentos não sabem gozar das que têm, pois, ao sair de si mesmos, não percebem o caminho que conduz ao precipício. Os que têm verdadeiro conhecimento da história poderão se recordar do termo a que são levados os homens que gostam de medir suas decisões com muita vaidade, e, do que vai acontecendo, pode-se ver todos os dias a vantagem de proceder a passos tardos e

---

2. *Psalmi*, 36, 35-37: Custodi innocentiam et vide aequitatem, / quoniam sunt reliquiae homini pacifico.

lentos, quando a estrada é repleta de estorvos. A partir dessa consideração passei a tratar de tal assunto, e resguardei-me de cada sentido deselegante, procurando ainda dizer em poucas palavras muitas coisas; e se nessa matéria tivesse conseguido colocar nos papéis apenas sinais, por meio deles de bom grado ter-me-ia feito entender, para fazê-lo com menos ainda do que com poucas palavras. Há um ano este tratado era três vezes maior do que ora se vê, e muitos estão a par disso; se eu tivesse desejado adiar mais a sua entrega para impressão, estaria em via de reduzi-lo a nada, pelas contínuas incisões mais para destruí-lo do que emendá-lo. Se forem conhecidas as cicatrizes de cada bom juízo, serei desculpado por dar a conhecer meu livro deste modo, quase exangue, pois o escrever sobre a dissimulação exigiu que eu dissimulasse, e assim reduzisse muito do que a princípio havia escrito. Após todo esforço para bem servir ao gosto público, reconheço não haver aqui nenhum outro valor, e só tenho a esperança de que agrade a vontade. Nela está o homem, como já disse Epicteto estóico: "Pois não és carne, nem cabelos, mas sim vontade."[3]

Viva feliz.

....

3. *Dissertações*, liv. III, cap. I, 40: Quandoquidem, nec caro sis, nec pili, sed voluntas.

I. O conceito deste tratado

Desde que o primeiro homem abriu os olhos e percebeu que estava nu, procurou ocultar-se também da vista de seu Artífice; assim a diligência em esconder praticamente nasceu com o próprio mundo e a primeira aparição do defeito, e passou ao uso de muitos por meio da dissimulação; porém, considerando o ódio que atrai para si quem usa mal este véu, e que na vida tranqüila não se deve dar lugar à inoportuna névoa da mentira, a qual de todo modo convém que permaneça excluída, deliberei representar juntas a serpente e a pomba, com a intenção de mitigar o veneno de uma e resguardar a candura da outra (como está expresso naquelas divinas palavras: "Sede (...) prudentes como as serpentes e simples como as pombas")[1], importan-

---

1. *Mateus*, X, 16: Estote (...) prudentes sicut serpentes, et simplices sicut columbae.

do a qualquer um que mande ou que obedeça valer-se de habilidade tão poderosa entre as contradições que muitas vezes encontram; e ainda que muitos entendam melhor do que eu esta matéria, penso ser não menos capaz de poder manifestar o meu parecer, e tanto mais quanto me recordo do dano que poderia ter-me feito o desenfreado amor de dizer a verdade, de que não estou arrependido. Mas, amando como sempre a verdade, procurarei no resto dos meus dias contemplá-la com menor perigo.

G I V D I T I O.

II. *O quanto pode ser bela a verdade*

Antes que a vista se desvie na busca das sombras que pertencem à arte de fingir, como a que nas trevas realiza os mais belos trabalhos, considere-se o lume da verdade, para obter licença de andar depois um pouco ao largo sem deixar a honestidade de lado. A verdade não se separa do bem, e, tendo seu lugar apropriado no intelecto, corresponde ao bem que é reposto nas coisas. A mente não pode dirigir-se a outro lugar para encontrar seu fim, e se o vulgo reputa-se feliz no que cabe aos sentidos, e os políticos à virtude ou à honra, os contemplativos colocam seu sumo bem na consideração das Idéias que ocupam o primeiro grau da verdade, a qual em todas as coisas é a propriedade do ser nela estabelecido, pois tanto são verdadeiras quanto são conformes ao divino intelecto. Mas Deus a si mesmo e a toda coisa compreende, e o ser divino não só é conforme ao divino intelecto, mas em substância é o mesmo: Deus é a própria verdade, que é a medida de toda verdade sendo a primeira causa de todas as coisas, e estas têm na mente divina seu princípio exemplar; da verdade divina, que é una, resulta a verdade multiplicada no intelecto criado, donde a verdade não é eterna senão quando se reduz em Deus, por razão de exemplo e de causa, na qual retornam todas as substâncias, os acidentes e suas operações. Assim como em Deus ela é imutável, pois seu intelecto não é variável e não obtém de outro lugar a verdade, mas tudo conhece em si mesmo, assim na mente criada ela é mutável, podendo passar do verdadeiro ao falso segundo o curso das opiniões, ou, permanecendo a mesma opinião, mudar-se a coisa. Portanto, somente na luz eterna a verdade é sempre verdadeira: naquela primeira luz que tanto se eleva dos conceitos mortais, penetrando em suas profundezas com laço amoroso tudo aquilo que se expande pelo universo; e a verdadeira beleza está na própria verdade, e fora dela somente enquanto dela depende. Aqui é oportuno considerar a verdade moral na qual o homem se mostra tal como é; donde, por ora, deixando de discorrer por aqueles claros abismos da primeira verdade, tocarei esta outra parte que tanto pertence à nossa humanidade, para torná-la forte e sincera adornando-a de nobres hábitos, ou (para ser mais explícito) despojando-a dos véus tecidos pelas próprias mãos da fraude que encobre a alma de tão duros estorvos e faz suspirar aquele século que, entre outros bens, foi chamado de ouro pela verdade, a qual com dulcíssima harmonia colocava todas as palavras sob as notas dos corações, pois notados, e praticamente fora de cada peito, em todo discurso sentiam-se impressos. É claro que também por outros respeitos foram honrados aqueles anos com tão glorioso nome, e em particular foi século de ouro porque não teve necessidade de ouro, e, tomando das simples mãos da natureza o alimento e a vestimenta, soube encontrar nos bosques uma morada civil, não desejando teto mais caro que o céu nem leito mais seguro que a terra, de modo que os ofícios do tempo e os serviços dos elementos achavam-se nos ânimos bem dispostos para o conhecimento do firme prazer. Mas todas estas satisfações teriam sido vãs, se a verdade não andasse pelas bocas daquela gente por demais bem-aventurada, se não estivesse escrita na candura daqueles magnânimos peitos com caracteres (ainda que invisíveis) de boa correspondência; por isso não era necessário que o sim e o não acompanhassem os testemunhos. O amigo

falava ao amigo, o amante ao amante, sem outro pensamento além de amizade e amor. Obedecia-se à verdade porque ela convidava cada um a mostrar-se sem nuvens, e assim se representava o αύθέκαστος que é a veracidade nos ditos e nos feitos ao considerar a verdade que é, por sua natureza, honesta; e sendo ele φιλαλήθης[1], ama a verdade
> não em razão de sua utilidade ou só por interesse de honra, mas por ela e há mais ocasião de amá-la quando se lhe acresce a saúde da república ou do amigo.

---

1. *Authécastos* e *philaletes* são termos aristotélicos definidos particularmente na *Ética a Nicômaco*: IV, 7, 1127.

III. Jamais é lícito abandonar a verdade

Não tanto a natureza foge do vácuo quanto o costume deve fugir do falso, que é o vácuo da fala e do pensamento: "De fato falar e opinar sobre o que não existe, isto é, em suma, o falso nos discursos e no pensamento", disse Platão[1]. Não se pode permitir que da mentira (considerada nela mesma) sequer uma nódoa se deixe ver no rosto do humano trato; e, antes, quando a verdade não parece ser verdadeira, convém calar, como afirma Dante.

(...) àquela verdade que tem feição de mentira
deve o homem fechar os lábios o quanto puder,
antes que sem culpa passe vergonha.[2]

....

1. *Sofista*, 260C3-4: dicere enim et opinari non entia, hoc ipsum falsum est, et orationi et cogitationi contingens.
2. *Inferno*, XVI, 124-126: (...) a quel ver(o) c'ha faccia di menzogna / dee l'uom chiuder le labbra quant'ei puote,/ però che senza colpa fa vergogna.

É necessário pois volver os olhos para a luz da verdade antes de mover a língua para as palavras. Mas como fora do mundo concebe-se aquilo que pelos filósofos é denominado *vacuum improprium*, onde se receberia a seta lançada por quem estivesse na extrema parte do céu, assim o homem, que é um pequeno mundo, dispõe às vezes fora de si de um certo espaço a ser chamado de equívoco, já não mais entendido apenas como falso, a fim de receber ali, por assim dizer, as setas da fortuna e ajustar-se em relação a quem mais vale e também mais deseja no curso dos interesses humanos; e digo que isto se dá fora de si, pois ninguém, que não tenha perdido o bem do intelecto, persuadiu a si mesmo de algo contrário ao conceito apreendido por sua razão em ato; donde, deste modo, não se pode enganar a si mesmo, pressuposto que a mente não possa mentir com conhecimento de mentir a si mesma, porque seria ver e não ver: pode-se não obstante suspender a memória do próprio mal por algum tempo, como mostrarei; mas do centro do peito estão estiradas as linhas da dissimulação até a circunferência daqueles que estão em torno de nós. E aqui se nescessita do limite da prudência que, inteiramente apoiada na verdade, não obstante, no devido lugar e tempo vai retendo ou mostrando seu esplendor.

IV. A simulação não recebe facilmente o sentido honesto que acompanha a dissimulação

Tratarei agora da simulação e explicarei plenamente a arte de fingir nas coisas que por necessidade parecem requerê-la. Mas é tão mal afamada que estimo maior necessidade torná-la menor; e, ainda que muitos digam: "Quem não sabe fingir não sabe viver"[1], também muitos outros afirmam ser melhor morrer que viver com essa condição. No breve curso dos dias, das horas ou dos momentos, como é a vida mortal, não sei por que a mesma vida havia de se ocupar antes em destruir a si mesma ajuntando operações falsas onde o ser quase não existe; pois a verdadeira essência, como disse Platão, é a das coisas que não têm corpo, denominando imaginária a essência daquilo que é corpóreo. Bastará então discorrer sobre a dissimulação de modo que seja tomada em seu sincero significado, não sendo outra

---

1. Qui nescit fingere nescit vivere.

coisa dissimular senão um véu composto de trevas honestas e decoros forçados, de que não se forma o falso, mas se dá algum repouso à verdade, para demonstrá-la a seu tempo; e como a natureza quis que na ordem do universo existissem o dia e a noite, assim convém que na esfera das obras humanas exista luz
e sombra, digo, o procedimento
manifesto e oculto, conforme
o curso da razão, que
é regra da vida e
dos acidentes
que nela
ocorrem.

I N G A N N O.

V. *Algumas vezes é necessária a dissimulação, e até que ponto*

A fraude é mal próprio do homem, sendo a razão o bem de que ela é abuso; donde se segue que é impossível encontrar alguma arte que a reduza a ponto de poder merecer louvor: concede-se às vezes mudar de manto para vestir-se conforme a estação da fortuna, não com a intenção de causar dano, mas de não sofrê-lo, que é o único interesse pelo qual se pode tolerar quem costuma valer-se da dissimulação, pois assim não é fraude; e mesmo em sentido tão moderado não se lhe deve lançar mão senão por grave motivo, de modo que seja eleita como um mal menor, tendo antes como objeto o bem. Há alguns que se transformam com o mau propósito de não se deixarem nunca entender; e, despendendo essa moeda com mão pródiga em cada pequena ocorrência, acham-se desprovidos dela quando mais precisam, pois descobertos e indicados como falaciosos não há quem neles creia. Isto é porventura o mais difícil em tal habilidade, pois, se em todas as outras coisas o uso contínuo ajuda, na dissimulação experimenta-se o contrário, visto que não me parece possível ter êxito ao se praticar sempre a dissimulação. Portanto, é dura empreitada fazer com arte perfeita aquilo que não se pode exercitar em todas as ocasiões, e por isso não se deve dizer que Tibério fosse muito astuto neste mister, ainda que muitos o afirmem; e penso assim porque, dizendo Cornélio Tácito: "Tibério mesmo nas coisas que não tinha o que esconder, fosse por natureza, fosse por hábito, empregava sempre palavras ambíguas e obscuras", não só disse antes, "havia em tal discurso mais ostentação que franqueza", mas conclui: "Todavia os senadores tinham um só temor, o de demonstrar que o entendiam"[1]: eis que pelos contínuos artifícios percebiam claramente a sua intenção. Em substância, dissimular é uma profissão, da qual não se pode fazer profissão senão na escola do próprio pensamento. Se alguém usasse a

....

1. *Anais*, livro I, vol. I: Tiberioque etiam in rebus quas non occuleret, seu natura seu adsuetudine, suspensa semper et obscura verba, [...] plus in oratione tali dignitatis quam fidei erat, [...] At patres, quibus unus metus, si intelligere viderentur ecc.

máscara todos os dias, seria
mais notado que qualquer
outro pela curiosidade
de todos; mas dos ex-
celentes dissimulado-
res, que existiram e
existem, não há
notícia al-
guma.

VI. Da disposição natural para poder dissimular

Aquele em quem prevalece o sangue, a melancolia, a fleuma ou o humor colérico, tem pouca disposição para dissimular. Onde há abundância de sangue acorre a alegria, a qual não sabe facilmente ocultar sendo demasiada aberta por sua própria qualidade. O humor melancólico, quando desmedido, produz tantas impressões que dificilmente as esconde. O excessivamente fleumático, por não fazer conta dos desprazeres, está pronto para uma manifesta tolerância; e a cólera, que é desmesurada, é chama demasiado clara para demonstrar os próprios sentidos. O temperado, portanto, é muito hábil neste efeito da prudência, pois há de ter, nas tempestades do coração, o rosto totalmente sereno; ou, quando de alma tranqüila, parecer ter o olhar perturbado, se a ocasião estiver pedindo; e isto não é fácil, a não ser para o temperamento de que falo. Não quero contradizer as opiniões daqueles que costumam atribuir a certos povos a disposição para dissimular, e em outros estimá-la quase impossível; mas bem posso dizer que em todas as regiões há os que a têm e os que não sabem se adequar a ela; mas é certo que os homens não nascem com as almas ligadas a qualquer necessidade, daí a vontade livre de voltar-se para as eleições. Isto foi elegantemente expresso por Dante nestes versos:

> Vós, viventes, tudo o que é causa
> atribuís ao céu, como se tudo
> por ele se movesse necessariamente.
> Se assim fosse, em vós estaria destruído
> o livre-arbítrio, e não haveria justiça
> pela alegria do bem e pelas dores do mal.
> O céu os vossos movimentos inicia;
> não digo todos, mas, posto que o diga,
> lume vos é dado ao bem e à maldade,
> e livre querer, que, se se esforça
> nas primeiras batalhas com o céu,
> depois vence tudo, se do bem cuida.
> A maior força e a melhor natureza
> estão livres da sujeição; ela cria a mente
> em vós, que o céu não tem sob seu domínio.[1]

----

1. *Purgatório*, XVI, 67-81: Voi che vivete ogni cagion recate/ pur suso al cielo, sì come se tutto / movesse seco di necessitate./ Se così fosse, in voi fora distrutto / libero arbitrio, e non fora giustizia / per ben letizia, e per mal aver lutto./ Il cielo i vostri movimenti inizia;/ non dico tutti, ma, posto che 'l dica, / lume v'è dato a bene e a malizia,/ e libero voler; che, se fatica / ne le prime battaglie del ciel dura, / poi vince tutto, se ben se nutrica. / A maggior forza e a miglior natura / liberi soggiacete; (e) quella cria / la mente in voi, che 'l ciel non ha in sua cura.

VII. Do exercício que torna pronta a dissimulação

Quem tem por *non plus ultra* as portas da terra natal, ou que pelos livros não aprende o longo e largo do mundo e os seus vários costumes, com dificuldade chega a conhecer a dissimulação, pois, para pessoa assim lassa e pouco entendedora, resulta muito difícil esta prática, que contém muito ser, parecendo por vezes pouco; portanto, é conforme a este hábito quem não é tão limitado, posto que de conhecer os outros nasce a autoridade plena que o homem tem sobre si mesmo quando cala a tempo e reserva ao tempo as deliberações que amanhã porventura serão boas e hoje são perniciosas. Claro é que a viagem por diversos países, como Homero cantou de Ulisses, "que de muitos homens viu costumes e cidades"[1], ou a leitura e observação de muitos acidentes, é razão poderosa para

---

1. *Odisséia*, I, V. 3: qui mores hominum multorum vidit et urbes.

produzir uma gentil disposição de pôr freio aos afetos, a fim de que, não como tiranos mas como súditos da razão, e à guisa de obedientes cidadãos, contentem-se em acomodar-se à necessidade, da qual disse Horácio:

> Duro, porém mais tolerável torna-se com a
> [paciência
> tudo o que não é lícito corrigir.[2]

De modo que tal grandeza de espírito cresce com a vida ocupada nos afazeres do mundo e a consideração do tempo passado, a fim de não se contrapor ao presente e poder ajuizar o futuro. Estando a mente assim satisfeita, não lhe parecerá nova qualquer mudança
que se lhevá apresentando,
e, em conseqüência, dependerá dela, e não
dos abismos dos
sentidos, a expressão do
que lhe
ocorre.

---

2. *Odes*, liv. I, XXIV: Durum, sed levius fit patientia / quicquid corrigere est nefas.

VIII. O que é a dissimulação

Depois que concluí o quanto convém dissimular, direi mais claramente seu significado. A dissimulação é a habilidade de não fazer ver as coisas como são. Simula-se aquilo que não é, dissimula-se aquilo que é. Disse Virgílio de Enéas:

No rosto simula a esperança, sufoca no coração a dor profunda[1].

Este verso contém a simulação da esperança e a dissimulação da dor. Aquela não existia em Enéas, e desta estava o peito repleto; mas não queria manifestar o sentido de seus anseios: recordava por isso aos companheiros terem sofrido os mais graves males, e, ao citar a raiva de Cila, o estrondo dos escolhos e as pedras dos

---

1. *Eneida*, livro I, 209: Spem vultu simulat, premit altum corde dolorem.

Ciclopes, valeu-se disso como que para enterrar entre aqueles monstros e entre aquelas ruínas passadas todas as desventuras que já os cansavam, e com o dulcíssimo *meminisse invabit*[2] conclui:

> Em meio a males variados, em meio a tantos
> [perigos
> inclinamo-nos ao Lácio, onde os destinos
> [mostram
> moradas seguras: lá deve de fato ressurgir
> [Tróia soberana.
> Resisti, e conservai-vos para a boa fortuna[3].

Mas de todo modo o ânimo estava ferido e demasiado dolente, pois "tais palavras remetem a grande angústia e perturbação"[4]. Vê-se nestes versos a arte de esconder a crueldade da fortuna, e primeiro foi expresso por Homero como Ulisses dissimulava a dor enquanto sob outra aparência dava novas de si mesmo a sua Penélope, da qual disse:

---

2. *Eneida*, livro I, 203: será belo recordar.
3. *Ibidem*, 204-207: Per varios casus, per tot discrimina rerum / tendimus in Latium, sedes ubi fata quietas / ostendunt; illic fas regna resurgere Troiae. / Durate, et vosmet rebus servate secundis.
4. *Ibidem*, 208: Talia voce refert curisque ingentibus aeger.

E ela ouvindo, escorriam as lágrimas,
[deslizando em seu rosto
como a neve que escorre nos altos montes,
liqüefeita por Euro, e depois espalhada por
[Zéfiro;
que em correntezas encheu os rios:
assim escorriam por seu belo semblante ao
[chorar,
ao chorar o esposo, que estava ao lado
[sentado. Ulisses
no coração tinha piedade de sua mulher
[gemente,
mas seus olhos estavam firmes como o chifre
[ou o ferro.
Imóveis entre as pálpebras; a arte ocultava as
[lágrimas[5].

Eis a prudência com que Ulisses pôs freio às lágrimas, quando era a hora de escondê-las; e a comparação das lágrimas de Penélope com a

---

5. *Odisséia*, XIX, 204-212: Hac autem (iam) audiente fluebant lachrymae, liquefiebat autem corpus / sicut autem nix liquefit in altis montibus,/ quam Eurus liquefecit, postquam Zephyrus defusus est / liquefacta autem igitur hac, fluvii implentur fluentes:/ sic huius liquefiebant pulchrae genae lachrymantis / flentis suum virum assidentem. At Ulysses / animo quidem lugentem suam miserabatur uxorem. / Oculi autem tanquam cornua stabant vel ferrum./ Tacite in palpebris dolo autem hic lachrymas occultabat.

neve liqüefeita dá-me ocasião de acrescentar o que vêm a ser o úmido e o seco, no dizer de Aristóteles: "O úmido é o que é indelimitável por limite próprio; sendo de outro modo bem delimitável. Ao passo que o seco é o que é facilmente delimitável pelo próprio limite; mas que de outro modo é mal delimitável."[6] Do que se pode

PRVDENZA

---

6. *De generatione et corruptione*, livro II, 329b, 30: humidum est quod suo ipsius termino contineri non potest; facile autem termino continetur alieno. Siccum est quod facile suo, difficulter autem termino terminatur alieno.

aprender que o dissimular liga-se ao seco porque se atém ao próprio limite, e tais são os olhos de Ulisses, semelhantes, no momento de dor, à firmeza do chifre e do ferro, ao passo que os de Penélope estavam úmidos e não tinham limite prescrito, conforme os que eram vertidos na alma de Ulisses mantendo os cílios enxutos; e a isto parece corresponder a sentença de Heráclito: *Luz seca, alma sapientíssima*[7].

---

7. Em latim, no original: *Lux sicca, anima sapientissima.*

IX. Do bem que se produz pela dissimulação

Pressuposto que na condição da vida mortal possam ocorrer muitos defeitos, segue-se que podem haver graves desordens no mundo quando, não conseguindo emendá-los, não se recorre ao expediente de esconder as coisas que não merecem ser vistas, ou porque são desagradáveis ou porque trazem o perigo de produzir acidentes desagradáveis. E, além do que ocorre aos homens, se se considera a natureza por tantas outras obras cá embaixo, reconhece-se que toda beleza é apenas uma gentil dissimulação. Quero dizer, a beleza dos corpos que estão sujeitos a mudança, e vejam-se entre eles as flores e entre as flores a rainha delas, e se descobrirá que a rosa parece bela porque à primeira vista dissimula ser coisa tão efêmera, e praticamente com apenas uma simples superfície vermelha mantém os olhos de certo modo persuadidos de que seja púrpura imortal; mas em breve, como disse Torquato Tasso,

já não parece que desejada
foi de mil donzelas e mil amantes;[1]

pois a dissimulação nela não pode durar. E o mesmo se pode dizer de uma face rosada, e do quanto na terra reluz entre as mais belas fileiras do Amor; e ainda que da beleza mortal seja usual dizer que não parece coisa terrena, quando depois se considera a verdade, já não passa de um cadáver dissimulado pelo favor da idade, que ainda se sustém pelo ajuste das partes e das cores que hão de se dividir e ceder à força do tempo e da morte. Portanto é útil uma certa dissimulação da natureza em tudo quanto está contido no espaço dos elementos, donde é muito verdadeira a proposição que afirma não ser ouro tudo o que reluz; mas o que reluz no Céu ao bem corresponde sempre, pois ali todas as coisas são belas por dentro e por fora. Ora, passando ao útil que nasce da dissimulação nos termos morais, começo pelas coisas que são mais necessárias, quero dizer, à arte da boa educação, que se reduz à destreza desta mesma diligência. E lendo-se o quanto escreveu o monsenhor Della Casa sobre isso, vê-se que toda aquela nobilíssima doutrina ensina assim

....
1. *Gerusalemme liberata*, XVI, 14,7-8: quella non par che disiata avanti / fu da mille donzelle e mille amanti.

a restringir os excessivos de-
sejos, que são causa de
atos inoportunos, assim
como amostrar que
não se vê os erros
dos outros, a fim
de que a conver-
sação resulte
de bom
gosto.

X. Do deleite que há em dissimular

Honesta e útil é a dissimulação, e, sobretudo, repleta de prazer, pois se a vitória é sempre aprazível e, como disse Ludovico Ariosto,

Vencer foi sempre a mais louvável coisa
vença-se pelo destino ou pelo engenho,[1]

é claro que vencer apenas pela força do engenho dá-se com maior vivacidade, e muito mais ao vencer a si mesmo, que é a mais gloriosa vitória que se possa referir. Isto ocorre ao dissimular, em que, pela razão superados os sentidos, somos tomados de total tranqüilidade; e ainda que se sinta não pouca dor quando se cala aquilo que se gostaria de dizer ou se deixa de fazer

---

1. *Orlando furioso*, XV, I, 1-2: Fu il vincer sempre mai lodabil cosa, / vincasi per fortuna o per ingegno.

o que vem representado pelo afeto, não obstante, segue-se então uma imensa alegria pelo uso da sobriedade nas palavras e nos feitos. A esta satisfação conseqüente há de se volver o pensamento que deseja viver em repouso; e quem quiser bem se aperceber disso para seus interesses, observe sobretudo as faltas dos outros, e assim bem conheça que é nosso o quanto está em nós mesmos. Não digo que não se há de fiar ao peito do amigo os segredos, mas que seja verdadeiramente amigo; e é digno de grande consideração que, no epigrama de Marcial em que fala consigo mesmo da vida feliz, ao enumerar para este fim dezessete coisas, faça com que esteja no meio a *prudens simplicitas*, ao dizer:

> São estas, diletíssimo Marcial,
> as coisas que tornam a vida mais feliz:
> posses obtidas não com trabalho, mas
>   [herdadas;
> um campo rentável, um lar perene;
> nenhum litígio, poucas reuniões; mente tranqüila;
> força elegante, corpo saudável,
> prudente simplicidade, amigos iguais,
> convidados amáveis, simplicidade à mesa;
> serão sem embriaguez e livre de cuidados;
> no leito uma moça alegre, e todavia pudica;
> um sono que torne breves as trevas;

estar contente consigo, a nada maldizer, não temer nem desejar o último dia da vida².

A prudente candura da alma é portanto o centro da tranqüilidade. *Hoc opus, hic labor*³.

....
2. *Epigramas*, livro X, 47: Vitam quae faciunt beatiorem, / incundissime Martilais, haec sunt: / res non parta labore, sed relicta; / non ingratus ager, focus perennis; / lis nunquam, toga rara, mens quieta; / vires ingenuae, salubre corpus, / prudens simplicitas, pares amici, / convictus facilis, sine arte mensa; / nox non ebria, sed soluta curis; / non tristis torus, attamen pudicus; / somnus qui faciat breves tenebras; / quod sis esse velis nihilque malis, / summum nec metuas diem nec optes.
3. *Eneida*, livro VI, 129: Esse é o trabalho, essa é a fadiga.

XI. Do dissimular com os simuladores

Aqueles que se aplicam ao prazer da parte que em nós está sujeita à morte, desprezando o uso da razão, tomam hábitos de feras; pois assim devem ser considerados, como exprimiu Epíteto estóico ao dizer: "Sou de fato um pobre homem, e minha miserável carne, se realmente miserável. Tens, não obstante, algo que é superior à carne. Por que, então, o abandonaste e estás atado à carne? Por este laço com a carne, alguns, vergando-se a ela, fazem-se semelhantes aos lobos, infiéis, pérfidos e insidiosos; outros semelhantes aos leões, brutais, ferozes e truculentos, e enfim, a maior parte de nós torna-se semelhante às raposas".[1]

....

1. *Dissertações*, livro I, cap. III, 5-7: Certe misellus homuncio, et caro infoelix, et revera misera. At melius (etiam) quiddam habes carne: quare, misso illo et neglecto, carni duntaxat es deditus? Ob huius societatem declinantes a meliore natura quidam, lupis similes efficimur, dum sumus perfidi et insidiosi et ad nocendum parati: alii leonibus, quia feri, immanes ac truculenti: maxima vero pars vulpeculae sumus.

Disto se pode considerar um dos duros impedimentos para dissimular; pois resguardar-se de lobos e leões é algo mais pronto pela notícia que se tem da violência deles e porque poucas vezes são encontrados; mas as raposas entre nós são muitas e nem sempre conhecidas, e, quando são reconhecidas, é difícil usar a arte contra a arte, e nesse caso será mais astuto quem mais souber manter a aparência de tolo, pois, mostrando acreditar em quem quer nos enganar, pode-se fazer com que ele creia em nosso modo; e é de grande inteligência

F R A V D E.

que se dê a ver não ver
quando mais se vê, pois
assim é o jogo com
olhos que parecem
fechados e estão
em si mesmos
abertos.

XII. *Do dissimular consigo mesmo*

Parece-me que a ordem deste artifício toca primeiro à própria pessoa; mas requer-se extrema prudência quando o homem tem de se esconder de si mesmo, e isto por não mais do que um breve intervalo e, com licença do *nosce te ipsum*[1], para ter uma certa recreação passeando praticamente fora de si próprio. Primeiro, portanto, cada um deve procurar não só ter novas de si e das suas coisas, mas notícia plena, e habitar não na superfície das opiniões, que muitas vezes é falaciosa, mas nas profundezas de seus pensamentos; ter a medida de seu talento e a verdadeira definição daquilo que vale, sendo espantoso que todos tentem saber o preço das suas coisas e que poucos tenham cuidado ou curiosidade de entender o verdadeiro valor do próprio ser. Ora, pressuposto que se tenha feito o

---

1. Conhece-te a ti mesmo.

possível para conhecer a verdade, convém certos dias que aquele que é miserável se esqueça da própria desventura e procure viver ao menos com alguma imagem satisfatória, de modo que não tenha sempre presente o objeto de suas misérias. Quando isto for bem usado, é um engano que tem honestidade, posto que é um moderado esquecimento que serve de repouso aos infelizes; e, ainda que seja escassa e perigosa consolação, não se pode passar sem isto para respirar; e será como um sono dos pensamentos

D.OMINIO DI SE STESSO.

cansados, mantendo um pouco fechados os olhos da cognição da própria fortuna, para melhor abri-los após este breve restabelecimento: digo breve porque facilmente se transformaria em letargia, se por demais se praticasse esta negligência.

XIII. Da dissimulação que participa da piedade

Quando considero que o vinho foi descoberto depois do dilúvio, reconheço que não precisava menor quantidade de água para temperá-lo; e aqui se há de ver duas coisas: uma, sobre Noé que ficou nu, e isto demonstra que o vinho é bastante contrário à dissimulação, e quanto esta se emprega em encobrir tanto aquele aplica-se em descobrir; a outra, sobre a piedade dos dois filhos que, com o rosto voltado, cobriram o pai, dissimulando tê-lo visto em tal condição, enquanto o irmão deles, já alheio a toda lei da humanidade, escarnecia da nudez daquele que o havia vestido das próprias carnes. Oh, quantos no mundo imitam esta monstruosa ingratidão, tornando matéria de riso aquele que deveria ser objeto de amor e de reverência! Poucos são os imitadores daqueles dois que souberam encontrar o modo de voltar as costas, por piedade, ao pai, não como muitos fazem, dando de ombros à paterna necessidade. Não só aqueles piedosos filhos trataram de vestir o pai, mas quiseram mostrar não tê-lo visto em tal condição. Assim todos devem corresponder em desculpar as desordens, e em particular as dos superiores, cada vez que algum deles nelas incorre. Outros ofícios piedosos são representados na história de José, que, vendido pelos irmãos, mostrou depois não conhecê-los, a fim de melhor reconhecê-los por meio dos benefícios; e, com exemplo de uma rara mansuetude, dissimulava presentear os alimentos que aparentemente vendia, pois os mesmos sacos carregavam dinheiro para casa; até que, tendo feito vir também o último dos irmãos e usado todos os meios para manifestar a tempo a sua bondade, "José não consegue mais conter-se diante de todos os circunstantes"[1]. Nisto teve fim aquela sincera e inocente dissimulação; e segue no Gênesis a narração da sua piedade: "Pela qual ordenou que todos saíssem e que nenhum estranho se encontrasse presente ao reconhecimento recíproco. Lançou um grito de pranto, ouvido pelos egípcios e toda a casa do Faraó, e disse a seus irmãos: – Eu sou José."[2] Estava ele no Egito

....

1. *Gênesis*, 45,1: non se poterat ultra cohibere Joseph multis coram adstantibus.
2. *Ibidem*, 45, 1-3: unde praecepit ut egrederentur cuncti foras, et nullus interesset alienus agnitioni mutuae. Elevavitque vocem cum

em suprema glória, e já chamado de salvador do mundo; a despeito de tudo isto, não levando em conta as ofensas, dissimulou ser irmão para demonstrar-se mais que irmão. Não sei quem possa reter as lágrimas, lendo essa piedosa história da qual se pode aprender o quanto é doce perdoar e dissimular as injúrias, sobretudo quando vêm de pessoas tão queridas quanto são os irmãos.

....

fletu, quam audierunt Aegyptii, omnisque domus Pharaonis, et dixit fratribus suis: – Ego sum Joseph.

XIV. Como esta arte pode existir entre os amantes

Amor, que não vê, se faz muito visto. Ele é pequeno, mas, como disse Torquato Tasso:

Pequena é a abelha, e faz com a pequena picada
graves e violentas feridas;
mas que coisa é menor que o Amor
se em qualquer vão entra, e se esconde?[1]

Não obstante é tão grande, que não há lugar onde possa esconder-se de todo, e, quando está junto ao seu centro, que é o coração, se não se mostra por outra via, acende aquela febre amorosa da qual Antíoco estava enfermo e sobre a qual Petrarca fez com que Seleuco dissesse:

....

1. *Aminta*, ato II, cena I, 724,727: Picciola è l'ape, e fa col picciol morso / pur gravi e pur moleste le ferite; / ma qual cosa è più picciola d'Amore, / se in ogni breve spazio entra, e s'asconde.

E se não fosse a discreta ajuda
do nobre médico, que bem se apercebeu,
a vida de seu filho na flor da idade estaria
[terminada.
Calando, amando, quase à morte correu;
amar foi sua força, e calar sua virtude;
a minha verdadeira piedade foi que o socorreu.[2]

Daí se pode considerar como, ateando-se fogo em toda a casa, as faíscas, ou antes as chamas, fazem pública pompa pelas janelas e pelo teto. Tal ocorre, e pior, quando o amor faz morada nos peitos humanos inflamando-os por conseqüência, pois os suspiros, as lágrimas, a palidez, os olhares, as palavras e o quanto se pensa e se faz, tudo vai vestido com o hábito do amor. Assim portanto o amor de Antíoco por Estratonice, sua madrasta, ainda que se calasse, manifestou-se no incêndio em suas veias e pulsos. Não havia consentido chamar-se amante Dido, enquanto Amor na figura de Ascânio tratava com ela; mas nenhuma coisa faltava para que já se visse acesa, como Virgílio assinala:

....

2. *Trionfo d'amore*, II, 121-126: E se non fosse la discreta aita / del fisico gentil, che ben s'accorse, / l'età sua in sul fiorir era fornita. / Tacendo, amando, quasi a morte corse; / e l'amar forza, e 'l tacer fu virtude; / la mia, vera pietà, ch'a lui soccorse.

Sobremodo infeliz, já sacrificada ao suplício
[futuro,
não sacia seu coração e contemplando-o se
[acende
a Fenícia, igualmente a perturbam os dons e o
[menino[3].

E ainda que andasse velando as agudas dores da chaga interna, no progresso do seu afeto,

Sangra enfim a rainha com um forte tormento,
as suas veias nutrem uma chaga, pelo fogo
interno é consumida[4]

entretanto, aquilo que a língua não havia tornado público foi expresso nos gritos da chaga que ela própria desesperada se fez, concluindo Virgílio:

Ela, os olhos pesados tentando abrir, de novo
desfalece, grita no fundo do peito a chaga[5].

....
3. *Eneida*, I, 712-714: Praecipue infelix pesti devota futurae / expleri mentem nequit, ardescitque tuendo / Phoenissa et puero pariter donisque movetur.
4. *Ibidem*, IV, 1-2: At Regina gravi iamdudum saucia cura / vulnus alit venis et caeco carpitur igni.
5. *Ibidem*, IV, 688-689: Illa graves oculos conata attollere, rursus / deficit: infixum stridet sub pectore vulnus.

Sabe-se por Torquato Tasso que Ermínia havia dissimulado seu pensamento, e que depois disse a Vafrino:

Mal o amor se esconde. Junto a ti muitas vezes
desejosa pedia por meu senhor,
Vendo tu os sinais da mente enferma:
– Ermínia – me disseste – ardes de amor. –
Neguei-o a ti, mas um ardente suspiro meu
foi o mais veraz testemunho do coração;

E T I C A.

e em vez da língua, o olhar
manifestava o fogo onde ardo.⁶

A mesma dor que atormenta os amantes, se não basta para fazer com que digam seus afetos, transforma-se em ambição amorosa de demonstrá-los; e, se os ânimos honestos contentam-se em não se manifestar, com grande esforço conseguem cobrir-se inteiramente com o manto que há de encobrir tantos anseios.

---

6. *Gerusalemme liberata*, XIX, 96: Male amor si nasconde. A te sovente / desiosa i' chiedea del mio signore. / Vedendo i segni tu d'inferma mente:/ – Erminia – mi dicesti – ardi d'amore. – / Io te 'l negai, ma un mio sospiro ardente / fu più verace testimon del core; / e 'n vece forse della lingua, il guardo / manifestava il foco onde tutt'ardo.

XV. *A ira é inimiga da dissimulação*

O maior naufrágio da dissimulação está na ira, que dentre os afetos é o mais manifesto, sendo um relâmpago que, aceso no coração, leva a chama ao rosto, e com terrível luz fulmina pelo olhar, e ademais faz precipitar as palavras praticamente com aborto dos conceitos que, de forma incompleta e matéria excessiva, manifestam o quanto há no ânimo. Muita prudência se requer para conter tão vigorosa alteração; e de quem incorreu em tanto ímpeto Platão disse: "Amansa-se pela voz da razão que está nele, como se se amansasse um cão pela voz do pastor."[1] Estava Aquiles nesta paixão contra Agamenon, quando "olhando com um aspecto perturbado: Oh homem – disse – feito e vestido somente de fraude e imprudência, qual grego de-

---
1. *República*, IV, 440d: tanquam canis a pastore, ita denique revocatus ab ea quae in ipso est ratione mitescat.

pois disto te obedecerá de bom grado?"² Mas o ofício da razão, representado por Minerva descida do céu, abranda-o: "Não vim do céu – disse –, Aquiles, para ver-te irromper irado em vingança pela injúria recebida, mas para frear a tua irascibilidade"³. De modo que Homero, nesse episódio de Aquiles, explica ao mesmo tempo o quanto é importante a dissimulação. De dois poderosos estímulos procede tanta licença de palavras na ira, isto é, do desprazer e do prazer, pois ela é apetite, com dor, de vingança que se demonstre vingança, pelo desprezo que acreditamos feito a nós ou a algum dos nossos indignamente, como disse Aristóteles; e a esta dor segue o deleite, que nasce da esperança de vingar-se, porque o ânimo está posto no ato de vingança; por isso Aristóteles acrescenta: "Fala-se corretamente da ira que, escorrendo mais doce que o mel, cresce lentamente nos corações dos homens"⁴. Portanto de tal misto de amargo e de

....

2. *Ilias*, I, 148-150: truculento intuens aspectu: O vir, inquit, ex dolo totus atque imprudentia factus ac genitus, et quis tibi Graecorum posthac libens pareat?

3. *Ibidem*, I, 206-207, f.4b: Non veni, inquit, a caelo, Achilles, ut te iratum in ultionem iniuriae acceptae erumpere videam, sed ut ira(cundi)am tuam compescam.

4. *Retórica*, II,1370b: recte illud de ira dictum est quod, defluente melle dulcior, in virorum pectoribus gliscit.

doce deve guardar-se quem não quiser se mostrar facilmente perturbado, como costumam parecer os enfermos, os pobres, os amantes e todos aqueles que se deixam vencer pelo desejo. Importa prevenir pela consideração do quanto é maior o deleite de vencer a si mesmo ao esperar que passe a tormenta dos afetos e não deliberar na confusão da própria tempestade, mas na serenidade do ânimo em que, retirado cada pensamento para uma altíssima parte da mente, poderá desprezar muitas coisas ou não cuidar de vê-las.

XVI. Quem tem um excessivo conceito de si mesmo tem grande dificuldade para dissimular

O erro que se pode cometer com o compasso que gira em torno da opinião que temos de nós mesmos costuma ser causa de que transborde aquilo que se deve reter nos limites do peito; pois quem se estima mais do que é efetivamente, apenas fala como mestre, e, parecendo-lhe que todos os outros sejam menos que ele, faz pompa do saber e diz muitas coisas que sua boa sorte poderia ter calado. Pitágoras, sabendo falar, ensinou a calar; e neste exercício é maior o trabalho, ainda que pareça ser ócio. Os conceitos que ressoam nas palavras não só trazem a imagem daqueles que estão na alma, mas são irmãos mentais (já que não posso dizer carnais) do conceito que o homem tem do seu saber. Este é o conceito primogênito (por assim dizer), ao qual sucedem os outros; e, se ele não tem medida, procedem daí muitos e variados raciocínios, e assim necessariamente descobre-se o que vai no pensamento; mas quem de si estima o que por razão convém, não confia à língua uma jurisdição maior do que a do lume da inteligência que deve movê-la.

XVII. Na consideração da divina justiça torna-se mais fácil tolerar, e assim dissimular as coisas que nos outros nos desagradam

Convém tratar mais particularmente de algumas coisas que requerem ser toleradas, que é o mesmo que dizer dissimuladas, pois são muitos os desprazeres do homem que é espectador neste grande teatro do mundo no qual são representadas todos os dias comédias e tragédias; por ora não falo das que são invenções dos poetas antigos ou modernos, mas das reais mudanças do próprio mundo, que de tempos em tempos, em relação aos acidentes humanos, toma outra feição e outro costume. A ordem é uma forma que faz tudo semelhante a Deus que o criou e o conserva pelo dom da sua providência, a qual pelo grande mar do existir conduz cada coisa com próspera viagem, e, dispondo a mesma regra para o mérito ou o demérito das obras humanas, veta não obstante à fraqueza dos nossos pensamentos penetrar os abismos dos juízos divinos, aos quais se deve infinita reverência, havendo-se de receber por gosto o quanto for consoante à vontade de Deus. E se não vemos sempre nas coisas mortais a ordem infalível que se manifesta no movimento do sol, da lua e das outras estrelas, e, antes, em muita confusão acham-se freqüentemente os negócios daqui de baixo, não falta porém a certeza da eterna lei que tudo sabe aplicar para perfeito fim; e o prêmio e a pena, que nem sempre vêm de pronto, esperem-se como decreto inseparável do juízo divino que em tudo penetra com sua jamais limitada potência. A esta verdade, que é via tranqüila para dissimular as sinistras aparências, acrescentarei mais particularmente o modo de adequar-se a elas.

XVIII. Do dissimular a ignorância alheia afortunada

Grande tormento para quem tem valor é ver o favor da fortuna para alguns totalmente ignorantes, que, sem outra ocupação além de dedicar-se a estar desocupados e sem saber que coisa é a terra que têm sob os pés, são às vezes senhores de não pequena parte dela. Na verdade, quem se põe a considerar esta miséria está em perigo de perder a tranqüilidade, se juntamente não percebe que a mesma fortuna, que às vezes concede alguma alegria à turba dos néscios, costuma abandonar a empreitada, e, no momento em que mais reluz, interrompe-se, deixando desprezados os que não são dignos da sua graça; e ademais gente de tal qualidade não tem como pretender adquirir a glória que só pertence a quem sabe por direito, e se algum homem de excelentes virtudes alguma vez esteve quase sepultado vivo, de todo modo há de se ouvir o grito de seu mérito; e não só a voz deve ressoar entre aqueles que vivem na mesma época, mas ir passando de um século a outro; porque o verdadeiro valor é

Que faz pela fama os homens imortais,[1]

como disse Petrarca, e antes dele Dante:

Deve-se fazer o homem excelente
mesmo que à outra vida a primeira relegue.[2]

C O R R E T T I O N E

....
1. *Canzoniere*, CIV, 14: che fa per fama gli uomini immortali.
2. *Paradiso*, IX, 41-42: vedi se far si dee l'uomo eccellente / sì ch'altra vita la prima relinqua.

Dessa maneira liberta-se o nome das mãos da morte,
    e uma alma plena de tão alta es-
      perança não se aborrece se al-
        go indigno e pequeno, por
          tempo pequeno, se faça
            aplaudir, sendo um
              golpe de sor-
                te, que passa
                  sem deixar
                    vestígio,
                      como
                      a fumaça
                      no ar.

XIX. Do dissimulador diante do poder injusto

Horrendos monstros são aqueles poderosos que devoram a substância de quem lhes está sujeito; donde ninguém, que esteja em perigo de tanta desventura, tenha melhor meio de remediar isso do que abster-se da pompa na prosperidade e das lágrimas e dos suspiros na miséria; e não só falo em esconder os bens externos, mas os do ânimo; donde a virtude, que se esconde a tempo, vence a si mesma assegurando as suas riquezas, pois o tesouro da mente não tem menos necessidade às vezes de estar sepultado do que o tesouro das coisas mortais. A cabeça que carrega imerecidas coroas suspeita de toda cabeça na qual habita a sabedoria; e por isso freqüentemente é virtude sobre virtude dissimular a virtude, não com o véu do vício, mas em não mostrar todas as luzes, para não ofender a vista enferma da inveja e do temor alheio. Também o esplendor da fortuna há de ser revelado com prudência, já que passar a exibições de vestes excessivas e vãos ornamentos, além de destruir o capital no dispêndio, costuma provocar um grande fogo na própria casa, despertando os olhos dos insaciáveis para pretenderem parte disso e talvez tudo. Porém mais árduo é o trabalho de tomar hábito alegre na presença dos tiranos, que costumam tomar nota dos suspiros alheios, como de Domiciano disse Tácito: "Sob Domiciano a maior infelicidade era ver e ser visto, quando se registravam os nossos suspiros, e para notar quantos empalideciam bastava que sobre eles se fixasse o seu terrível rosto avermelhado, com o qual escondia a vergonha[1]. De modo que não é permitido suspirar quando o tirano não deixa respirar, e não é lícito mostrar-se pálido enquanto o ferro torna vermelha a terra com sangue inocente, e são negadas as lágrimas que, pela bondade da

---

1. *Vita julii agricolae*, XLV: Praecipua sub Domitiano miseriarum pars erat videre et aspici, cum suspiria nostra subscriberentur, cum denotandis tot hominum palloribus sufficeret saevus ille vultus et rubor, a quo se contra pudorem muniebat.

natureza, são concedidas aos
miseráveis como dote pró-
prio para formar a onda
que em tão pequenas
gotas costuma levar
todo grave aborre-
cimento e deixar
o coração, se-
não são, ao
menos não
tão
oprimido.

XX. Do dissimular as injúrias

A injúria, que se pode dissimular e não obstante se manifesta no desejo da vingança, é feita mais por aquele que a recebe do que por seu inimigo. Nem todos sabem conhecer corretamente o decoro da honesta tolerância, em que se acordam todos os filósofos, que nas demais opiniões, das várias seitas, não são de conforme parecer, dizendo Tertuliano: "Concedem a ela tão grande estima que, não obstante discordem nas paixões das várias seitas e na rivalidade das teorias, todavia têm em comum entre eles somente a paciência, apenas ela concilia suas controvérsias; por ela entram em acordo, por ela aliam-se, por ela aspiram unanimemente na afetação da virtude, pela paciência fazem exibição de sabedoria."[1] Alguns, não distinguindo a fortale-

---

1. *De patientia,* cap. I, 7: tantum illi subsignant, ut cum inter se (se) variis sectarum libidinibus et setentiarum aemulationibus discor-

za de espírito da temerária ousadia, estão prontos para toda qualidade de vingança, e, por um aceno que não seja feito a seu modo, querem penetrar nos pensamentos alheios e doer-se como de ofensas públicas. Sentidos tão vigorosos avizinham-se de males extremos, e a experiência demonstra que as pequenas injúrias, se

HIPPOCRESIA.

dent, solius tamen patientiae in com(m)une memores, huic uni studiorum suorum commiserint pacem: in eam conspirant, in eam foederantur, illi in adfect(at)ione virtutis unanimiter student, omnem sapientiae ostentationem de patientia praeferunt.

não se deixam passar com alguma destreza, costumam se tornar grandes; e a todos aqueles que são poderosos muito mais convém desviar a vista de semelhantes ocasiões, pois qualquer um que pouco possa é bom mestre de seus pensamentos para acomodar-se à tolerância, mas quem tem força para ressentir-se sente estímulo para correr ao precipício, e muitos dos que estão em alta fortuna, esquecidos não somente de utilizar o perdão mas da proporção da pena, usam meios violentos para a ruína alheia; do que decorre ficarem em tanta perturbação por seus feitos que, além do ódio público, têm também o ódio de si mesmos pela perda da tranqüilidade interna, que é bem inestimável e pertence à inocência.

XXI. Do coração que está escondido

Grande diligência teve a natureza para esconder o coração, em poder do qual é colocada não só a vida mas a tranqüilidade do viver, pois ao estar fechado pela ordem natural se mantém; e quando lhe ocorre estar oculto, conforme à condição moral, conserva a saúde das operações externas. Embora não deva ser escondido de todos, quando nas eleições considere-se aquilo que foi dito por Eurípedes:

(...) uma sábia desconfiança,
não há nada mais útil aos homens[1].

A experiência, que costuma doer-se dos enganos, poderá lançar luz nesta matéria que é uma selva escura pela incerteza do bem eleger;

---
1. *Helena*, vv.1617-1618: (...) Sapienti diffidentia /non alia res utilior est mortalibus.

e por isso cada engenho sagaz avalia os abismos do coração, que sendo pequena circunferência é capaz de toda coisa; mesmo o mundo inteiro não o preenche, pois só o Criador do mundo pode saciá-lo. Admira-se, como grandeza dos homens de alta posição, permanecer nos limites dos palácios, ali nas câmaras secretas, cercados de armas e homens a guardar suas pessoas e seus interesses, e não obstante é claro que, sem tanto gasto, todo homem pode, ainda que exposto à vista de todos, esconder seus negócios na vasta e ao mesmo tempo secreta casa de seu coração, pois ali costumam existir aqueles templos serenos, cantados por Lucrécio.

> mas nada é mais doce, do que estar bem abrigado
> nos templos serenos dos sábios,
> de onde possas baixar o olhar
> para onde erram os homens desgarrados em busca do caminho da sua vida.[2]

Aplico, assim, estes versos no sentido conveniente de representar uma altivez de alma e uma tranqüilidade que conduzam ao prazer e à glória imortal, e não ao deleite falacioso.

....

2. *De rerum natura*, II, 7-10: sed nihil dulcius est, bene quam (munita) tenere / edita doctrina sapientum templa serena,/ despicere unde queas alios passimque videre / errare atque viam palantes quaerere vitae.

XXII. A dissimulação é remédio previdente para remover qualquer mal

Era tão estimada por Jó a dissimulação honesta que, não tendo deixado de valer-se dela em seu reino, uma vez que se viu privado da prosperidade, e parecendo-lhe ter feito bastante de sua parte para que não lhe caísse das mãos, disse:

não dissimulei? não calei? não me mantive
[tranqüilo?
e veio sobre mim a indignação.[1]

Com tranqüilidade ele governou seu estado, e sempre que pôde dissimular o fez de bom grado; e por isso estava persuadido de que não haveria mudanças em seus negócios, bem assegurados pela prudência que em si continha dis-

....
1. *Jó*, 3, 26: Nonne dissimulavi? nonne silui? nonne quievi? / et venit super me indignatio.

simulação, silêncio e tranquilidade. Mas se com tudo isto caiu em miséria, foi por vontade de Deus, que se regozijou em dar a ver na pessoa daquele santo uma invicta constância e o triunfo da paciência, que no carro da verdadeira glória conduziu junto a si como cativos todos os males, até que recebesse a anterior felicidade com redobradas satisfações; e a sua justiça, que no limite da natureza demonstrou-se ao mundo, será exemplo em todos os séculos para afirmar que os servos de Deus, em qualquer condição,

SINCERITA.

são sempre felizes. Tal era Jó, portanto, também no tempo de seus tormentos; mas para não sair da matéria de que estou tratando, digo que ele, prestando contas à sua consciência, dizia: "não dissimulei? não calei? não me mantive tranqüilo?", querendo significar que a esta diligência não costuma faltar prazer algum; e, quando sucede algum acidente que perturbe tanta serenidade, quer o céu que depois da adversidade aumente-se o esplendor das almas que estão alheias aos afetos da terra.

XXIII. *Num único dia não será necessária a dissimulação*

É tanta a necessidade de usar este véu, que somente no último dia há de desaparecer. Então estarão terminados os interesses humanos, os corações mais manifestos que os rostos, as almas expostas à notícia pública e os pensamentos examinados em número e peso. Não se terá de usar a dissimulação entre os homens de qualquer modo que seja, e então Deus, que hoje "é dissimulador dos pecados dos homens,"[1] não dissimulará mais; colocadas as mãos no prêmio e na pena, porá fim à habilidade dos mortais, e os sagazes intelectos que abusaram da própria luz perceberão que já não lhes será útil a arte de costurar a pele da raposa onde não alcança a do leão, que foi o conselho dado por um rei espartano; pois o onipotente leão, fazendo rugir o mundo dos abismos até as estrelas, chamará a

---

1. *Sapientia*, 11,24: est dissimulans peccata hominum.

todos; e cada um deve saber e dizer "tornarei a circundar-me da minha pele," como disse Jó[2]. Aquela aurora trará um dia todo ocupado pela justiça, e ao prestar contas não haverá arte para fazer ver o branco pelo preto. Ouvir-se-á o decreto, que será a última das leis e dará lei eterna às estrelas e às trevas, ao prazer e à dor, à paz e à guerra. Será forçoso à dissimulação fugir por completo, e então a própria verdade abrirá as janelas do céu e com a espada flamejante cortará o fio de todo vão pensamento.

---

2. *Jó*, 19-26: circumdabor pelle mea.

XXIV. Como no céu cada coisa é clara

Se nesta vida somente num único dia não será necessária a dissimulação, na outra ela jamais ocorre; e deixando de tratar das almas infelizes que com a luz do fogo eterno, ou antes nas trevas, mostram os horríveis monstros dos pecados, falarei do estado das almas eternamente felizes. Ali têm o espelho, que é Deus, que tudo vê, e com justeza na língua grega o seu nome, como observou Gregório Nisseno, demonstra eficácia de ver, pois *theòs* vem de *theáome*, que é "mirar" e "contemplar". Vêem os beatos aquele que vê, de modo que no céu não ocorre que alguém se oculte. Ali tudo é manifesto, pois tudo é bom, tudo é claro, tudo é caro. Quanto mais são os que possuem o sumo bem, tanto mais são ricos. Onde há tanto amor não pode haver ocasião de conservar interesse algum. Mas aqui onde estamos, vestidos de corrupção, procura-se a todo custo o manto com o qual se dissimula para remediar muitos males; e ainda que isto seja honesto, é fardo; donde se deve aspirar pelo término dessa necessidade, e freqüentemente, retirando o olhar dos objetos terrenos, contemplar as estrelas como sinais do verdadeiro lume que, também por meio delas, convida-nos à própria morada da verdade. Ali na divina essência os bem-aventurados gozam da clara visão, que é a última beatitude do homem, sendo a mais alta operação do intelecto por meio do lume da glória que o conforta; pois estando a divina essência acima da condição do intelecto

VERITA.

criado, eles podem vê-la não por forças naturais, mas pela graça; e, como alguns têm mais lume de glória que outros, podem melhor conhecê-la, ainda que seja impossível vê-la em tudo quanto seja visível, pois o mesmo lume da glória, enquanto dado a este intelecto, não é infinito. Ora, considerando-se assim satisfeitos,
assim felizes e em eterna
segurança os habitantes do
Paraíso, vê-se como não
têm que ocultar defei-
to algum; em conse
qüência, a dissimu-
lação permanece
na terra,
onde estão to-
dos os seus
negó-
cios.

XXV. Conclusão do tratado

Tendo afirmado que nesta vida nem sempre se há de estar de coração transparente, parece-me bem concluir com uma afetuosa invocação à própria dissimulação.

Oh virtude, que és o decoro de todas as outras virtudes, as quais ora são mais belas quando de algum modo são dissimuladas, tomando a honestidade do teu véu para não fazer vã pompa de si mesma; oh refúgio dos defeitos, que no teu seio costumam se esconder, tu, às grandes fortunas prestas grande serviço para sustentá-las, e às pequenas estendes a mão para que em tudo não venham a dar por terra. No bom e no mau tempo são necessárias tuas vestes, e à noite não menos que ao dia, e não mais fora que em casa. Não te conheci logo, e pouco a pouco aprendi que com efeito não és outra coisa que a arte da paciência que ensina tanto a não enganar quanto a não ser enganado. Não crer em todas as promessas, não nutrir todas as esperanças são as coisas que te produzem. As púrpuras em seu melhor vermelho costumam recorrer ao negro do teu manto; as coroas de ouro não têm luz que às vezes não haja necessidade de tuas trevas. Os cetros que freqüentemente não se mantêm pela tua mão, facilmente vacilam; e o fulgor das espadas, se não se serve de alguma nuvem tua, reluz em vão. A prudência, dentre todos os seus esforços, melhor coisa não tem; e ainda que de muitas outras se mostre ornada, em tempo sabe gozar do teu silêncio mais do que de qualquer outro efeito das suas habilidades. Miserável o mundo, se tu não socorresses os miseráveis. A ti cabe usar muitos ofícios no ordenamento das repúblicas, na administração da guerra e na conservação da paz; e por outro lado vê-se quantas desordens, quantas perdas e quantas ruínas se sucederam quando foste deixada de lado e deu-se lugar a manifestos furores, a que se seguiram infortúnios que tantas vezes destruíram províncias inteiras. Quando alguém que deveria morrer de fome tem a sorte de poder dar alimento a muitos, quando um ignorante é reputado douto por quem sabe menos que ele, quando um indigno obtém alguma dignidade e quando um vil se tem por nobre, como seria possível viver se tu não acomodasses os

sentidos a tão duros objetos? Gostaria que me fosse permitido manifestar toda a gratidão que sinto pelos benefícios que me fizeste;
mas ao invés de dar-te graças,
ofenderei as tuas leis não
dissimulando o quan-
to por razão dis-
simulei.

IMPRESSÃO E ACABAMENTO:
YANGRAF Fone/Fax: 218.1788